尼僧少尉
カタリーナ・デ・エラウソ

時空を超える冒険者

La Monja Alférez,
Catalina de Erauso
una odisea que
trasciende la
historia

坂田幸子 編訳

カルロス・ガルシア・ルイス＝カスティージョ
坂田幸子
竹村文彦
棚瀬あずさ
田邊まどか
横山和加子

図書出版みぎわ

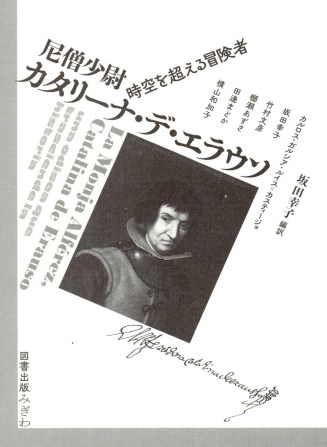

【扉＆表紙図版】

カタリーナ・デ・エラウソの肖像画

フアン・バン・デル・アメン（1596-1631）作

（https://www.wikiart.org/en/juan-van-der-hamen/catalina-de-erauso-1626）

カタリーナ・デ・エラウソの自筆サイン

「ドニャ・カタリーナ・デ・エラウソ少尉」と記されている

（España. Ministerio de Cultura. Archivo Histórico Nacional, Diversos-Colecciones,6,N.474）

兵士としてチリに赴くカタリーナ・デ・エラウソ

ダニエル・ヴィエルジュ画

（Catalina de Erauso, *La Nonne Alferez*, Trad. par José Maria de Heredia, Paris: Lemerre, 1894, p.36）

はじめに

十六世紀末、スペイン北部の町サン・セバスティアンに良家の娘として生まれた子が、幼くして女子修道院に預けられる。当時のスペインではよくあることだ。だが修道女になる誓いを立てる前に脱走し、髪を切り、修道院で着ていた服を男性用にみずから仕立て直し、旅に出る。フランシスコ、アロンソ、アントニオと、次々に男性名を名乗るこの人物は、見習い水夫として新大陸に渡り、時には商人として、時には無頼漢として、また時には征服戦争に参加する兵士として、広大な南米大陸各地を渡り歩く。戦闘や喧嘩で重傷を負うのも一度ならず。さらにはあわや死刑という危機もくぐりぬける。だがやがて女性であることを明かさざるをえない事態となり……

まるで冒険小説の主人公のようだが、こういう人物が実在したのだ。その名はカタリーナ・デ・エラウソ（一五九二～一六五〇年）。エラウソがみずからの半生を一人称で語る自伝的なテクストは、この人物自身と同じように数奇な命運をたどったのち、一八二九年にはじめて活字となり、それ以降さまざまなヴァージョンで流布するようになる。そこで語られる波乱万丈の生涯や驚異に満ちた出来事の数々は、人々の興味をかきたて、魅了しつづけてきた。こんにちではこの人物を原型とする映画の登場人物やコミックのキャラクターも存在する。またエラウソの残したテクストは歴史、文化やジェンダー研究にとって貴重な資料だ。

本書はこの人物をわが国ではじめて本格的に紹介するものである。以下、構成を手短に述べる。第I部ではカタリーナ・デ・エラウソの「自伝」を訳出した。とはいえこれは、エラウソ自身がペンを執って書いた作品ではない。詳しくは第I部後半の「『自伝』成立の経緯」をご覧いただきたい。第II部は六篇の論考からなる。第1章では、十六世紀から十七世紀にかけてのスペインと新大陸との往来や新大陸の行政、司法、教会制度など、エラウソ「自伝」の社会的・歴史的背景について解説するとともに、「自伝」の記述を歴史的事実と照らし合わせて検証する（横山）。エラウソの生きた時代はスペイン文化が空前の隆盛を誇った時代でもあった。第2章はその時代の文芸について概観する（竹村＋坂田）。こんにちエラウソという人物を扱う以上、ジェンダー研究は避けて通れない。第3章では、「自伝」のテクストによって照らし出されるジェンダーやセクシュアリティに関するいくつかの問題に焦点をあてて検討する（棚瀬）。エラウソは一六二四年に新大陸からスペインにいったん帰国するが、祖国ではエラウソの噂がすでに広まって大きな話題となっており、二六年にはこの人物を主役とする演劇作品『尼僧少尉』が作られた。第4章では、当時の演劇に現れる登場人物の類型や、かわら版のような印刷物を手掛かりに、演劇作品『尼僧少尉』を読み解く（田邊）。第5章は、前述の演劇作品と二十世紀の演劇作品、そしてメキシコ映画とスペイン映画、いずれも『尼僧少尉』と題された作品四つを比較、紹介する（ガルシア）。第6章は、一八二九年にパリで出版されたフェレール編纂による「自伝」と、そこから派生した翻案作品を紹介し、エラウソという人物が時空を超えて広く知られていく過程を追う（坂田）。以上、第II部は第1章から第6章へと順に通読していただけるような配置としたが、通読ではなく、ご興味に応じて任意の章を取り出して読んでいただくこともできる。そのような読者に配慮して、章によっては他の章と内容が部分的に重複していることもある。

カタリーナ・デ・エラウソは、現代的な言い方をするならば、生物学的には女性であっても性自認が男性であっただろうと推測される。エラウソ自身の意識を尊重するため、この人物をカタリーナという女性の名前のみで呼ぶことを極力避け、フルネームであるカタリーナ・デ・エラウソあるいは名字のエラウソで呼ぶことにした。また「彼女」という代名詞を用いるかわりに、性別を明示しない「この人物」等の言い方にした。もっとも、演劇作品や翻案小説等の創作作品で明らかに女性の登場人物として設定されている場合には、この限りではない。いずれにせよ、このためいささかぎこちない日本語になってしまったことは否めないが、ご理解いただければさいわいである。

なにはともあれ、まずは「自伝」を読んでいただきたい。理屈抜きに面白いので。

編　者

『尼僧少尉カタリーナ・デ・エラウソ　時空を超える冒険者』目次

はじめに　iii

第I部

カタリーナ・デ・エラウソ『尼僧少尉の生涯と事蹟』　003
Catalina de Erauso, *Vida y sucesos de la Monja Alférez*
「自伝」成立の経緯　坂田幸子　064

第II部

第1章　カタリーナ・デ・エラウソの「自伝」に見る十七世紀前半の南米スペイン領植民地
América del Sur en el tiempo de Catalina de Erauso: un bosquejo a través de su «autobiografía»
横山和加子　073

第2章　スペイン文化の黄金世紀　栄光と斜陽の時代の文芸　竹村文彦・坂田幸子　101
El Siglo de Oro de la cultura española: arte y literatura en tiempos de gloria y decadencia

第3章　「尼僧少尉」、あるいはカトリック帝国における貞操と征服
カタリーナ・デ・エラウソの「自伝」が照らし出すジェンダーとセクシュアリティの諸問題　棚瀬あずさ　127
La Monja Alférez, castidad y conquista en el Imperio español: cuestiones de género y sexualidad a la luz de la *Vida y sucesos* de Catalina de Erauso

第4章　スペイン黄金世紀の演劇における男装の女性と演劇作品《コメディア》
『尼僧少尉』にみるカタリーナ・デ・エラウソの表象　田邊まどか　149
La mujer vestida de hombre en el teatro español del Siglo de Oro y la representación de Catalina de Erauso en la comedia de la Monja Alférez

第5章　舞台とスクリーンの上の「尼僧少尉」
黄金世紀と二十世紀の演劇作品およびメキシコとスペインの映画から
カルロス・ガルシア・ルイス＝カスティージョ（坂田幸子訳）　173
La Monja Alférez en las tablas y en la gran pantalla: las obras dramáticas del Siglo de Oro y del siglo XX y las películas de México y España

第6章 「獰猛な虎」か「高貴な子猫」か？
フェレール版カタリーナ・デ・エラウソ伝の翻訳・翻案の比較研究 坂田幸子 199
¿«Leona furiosa» o «gatita noble»?: Historia de la Monja Alférez de la edición de Ferrer y sus adaptaciones

あとがき 坂田幸子 225

執筆者略歴（掲載順） 228

スペイン地図

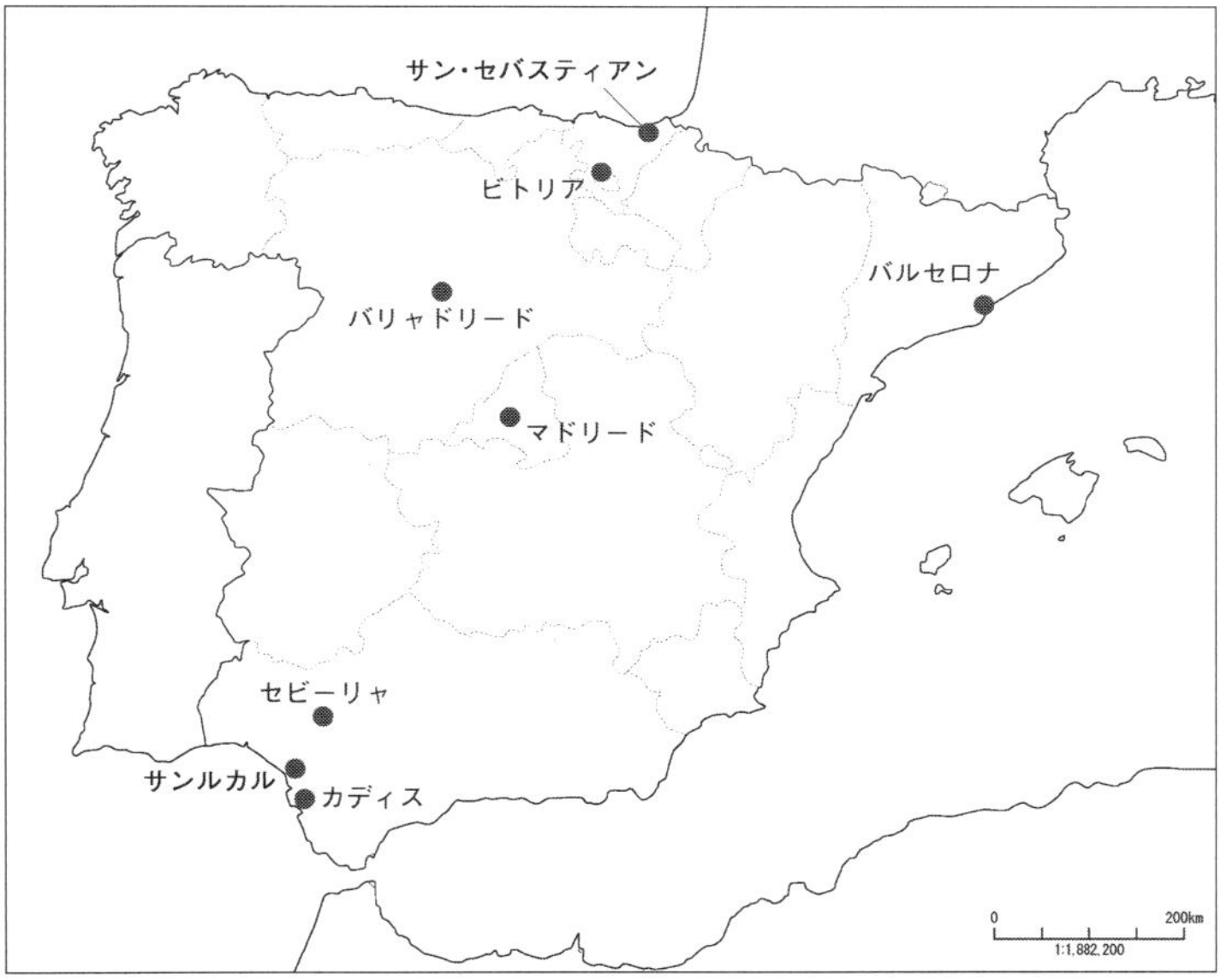

サン・セバスティアン
ビトリア
バルセロナ
バリャドリード
マドリード
セビーリャ
サンルカル
カディス
0
200km
1:1,882,200

ラテンアメリカ地図

カタリーナ・デ・エラウソの辿った道（ここに示すルートはエラウソの「自伝」の内容から推測したものである）
地図上には現在の地名を表記した。『尼僧少尉の生涯と事蹟』において、ペルーのアヤクーチョはウアマンガ、ボリビアのスクレはラプラタもしくはチャルカスもしくはチュキサカという旧地名で出てくる。
カタリーナ・デ・エラウソの行程の参考として、以下の２地点の直線距離を記す。

第７章　コンセプシオン〜トゥクマン間：約 1350 キロ
第８章　トゥクマン〜ポトシ間：約 800 キロ
第 15 章　アヤクーチョ（ウアマンガ）〜ボゴタ間：約 1980 キロ

第Ⅰ部

本書で訳出する「自伝」について

まずお断りしておかなければならないのだが、ここに訳出するのは、カタリーナ・デ・エラウソ自身が書き残した「自伝」……ではない。エラウソ自身が書いた原稿は残っていないか、あるいは、残っていたとしても現時点では発見されていないのだ。本書で訳出するのは、エラウソの死後半世紀近くたった十七世紀末に成立した『尼僧少尉の生涯と事蹟』と名付けられたテクストの全編で、その手稿（手稿Aとしておく）はセビーリャ大聖堂付属の文書館に保存されている。エラウソが波乱万丈の半生を一人称で語る「自伝」は、十九世紀半ば以降、さまざまなヴァージョンで世界に広まっていくのだが、ここに訳出する手稿Aは、それら幾多のヴァージョンのもととなるテクストであり、現時点の研究でさかのぼることができる限りの源流である。

「自伝」テクストがどのように成立したのかについてはいまだに謎の部分が多いが、こうした問題については翻訳のあとで述べることにして、まずは作品をお読みいただきたい。(1)

テクスト中の地名と現在の地名が異なる場合、テクスト中の地名をカタカナで表記したあと（）内に現在の地名を記した。人名について表記の揺れのある場合は、初出の表記に統一した。ただし人名辞典や歴史書等で特定できる場合には、それら参考文献に掲載されている表記に統一した。また、年数や距離の記述については不正確な点やつじつまの合わない箇所も見受けられるが、訂正・修正は行わず、忠実に訳した。

カタリーナ・デ・エラウソ『尼僧少尉の生涯と事蹟』

Catalina de Erauso, Vida y sucesos de la Monja Alférez

第1章　祖国、両親、幼少期

私、カタリーナ・デ・エラウソ少尉は、ミゲル・デ・エラウソ隊長とマリア・ペレス・デ・ガララガ・イ・アルセの娘として、ギプスコア県サン・セバスティアンに生まれました。[2] 四歳の時、その町でドミニコ会の修道女たちの運営するサン・セバスティアン・エル・アンティグオ修道院に入り、十五歳まで、母方の伯母のも

誕生

とで育ちました。伯母はドニャ・ウルスラ・デ・サラストゥメ（「ドニャ」は女性に対する敬称で姓ではなく名前の前につける）という名で、その修道院の院長だったのです。

　修道女になる誓願を立てるための修練の年、私はドニャ・カタリーナ・アリシという名の修道女と諍いをしたのがもとで、その修道院から逃げ出しました。彼女は夫を亡くして修道院に入ったのですが、私を叩いたのです。彼女は私よりも逞しい体格で力もありました。ある夜のこと、それは聖ヨセフの祝日の前夜でしたが、修道院じゅうが夜明け前の祈りのため深夜に起きることになっていました。聖歌隊席に行くと、そこに伯母がひざまずいていました。私を見ると呼びよせ、自分の部屋の鍵を渡して、聖務日課書を取ってきてほしいと言いました。私はろうそくを手に伯母の部屋に行き、鍵を開けて聖務日課書を取ったのですが、その際、椅子のひじ掛けに修道院のすべての鍵が束となってかけられているのを見つけました。これは好機だと思いましたので、部屋に施錠しないまま、伯母に聖務日課書を持って行きました。

　修道女全員が聖歌隊席に揃い、たいそう厳かに祈りの儀式が始まりました。私は最初の読誦が始まるのを待ち、それが終わるや伯母のところへ行き、体調が悪いと伝えて退席の許しを請い

修道院の夜明け前の祈り

ました。伯母は私の頭に手をやり、「下がっていいわ、横になっていらっしゃい」と言いました。私は聖歌隊席を出て、ろうそくを手に伯母の部屋に行き、扉を開け、鍵束を取り、はさみ、糸、針と、その場にあった八レアル銀貨を何枚か持ち出しました。そして扉を次々と開けていきました。扉は全部で十二あります。最後の扉を開けると――それは通りに面した正門だったのですが――外に出ました。すべての扉は閉めただけで鍵はかけず、最後の扉のところで肩衣《スカプラリオ》を脱ぎ捨てました。修道院の裏手にある山に行き、そこで三日三晩を過ごし、修道服の下に履いていた青い布のスカートを半ズボン《カルソン》に、緑色の羊毛の下履きスカートを上着とゲートルに仕立て直しました。修道服は何の役にも立たないので捨てました。髪を切りました。伯母のもとで大切に育てられてきたのですから、いかほど美しい髪であったのかわかろうというものです。切り落とした髪は山にばら撒き、三日目の夜、ビトリア方向へ出発しました。その間、持ってきたわずかばかりのパンといくらかの草しか食べず、雨水しか飲みませんでした。まだ冬だったので、雨は少なからず降ったのです。

徒歩で疲れ果ててビトリアに着きました。すぐに私はフランシスコ・デ・セラルタ博士に仕えることになりました。彼はその町の大

修道院から逃げ出す

学教授だったのですが、私に衣服を与え、さらに私がラテン語を読むのが得意であるのを見て取ると、学問を授けてくれようとしました。しかし私は彼が厳しく折檻する人だとわかったので、その家に留まるのも勉強するのも嫌になりました。その家に三か月いるかいないかで、いくらかの金銭を手に、何も言わず旅に出たのです。

私はバリャドリードに行き、フランシスコ・デ・ロヨラと名乗って、国王秘書官ドン・フアン・イディアケス（「ドン」は男性に対する敬称で姓ではなく名前の前につける）の小姓としての職を得ました。このご主人は私にたいそう立派な衣装を与えてくれました。七か月、その家にいました。ある夜、その家を去ることになったのですが、それは私が通りに面した門のところにいた時に父がやって来て、ドン・フアンはご在宅かとたずねたからです。同僚の小姓が、そうだと答えました。そこで父はその小姓に、ドン・フアンに来訪を告げよと命じました。小姓が邸内に上がっていくと、私は門のところで父とふたりきりになってしまいましたが、小姓が主人の返事を伝えに下りて来るまで、言葉を交わさぬまま待っていました。父が邸内に上がり、私も後に続きました。ドン・フアンが階段のところに出迎えに来て、父を抱擁しながら言いました——「隊長殿、いかがなされた？　なにか御用か？」父は困惑した様子で口ごもりました。ドン・フアン

髪を切る

は父が悩み事を抱えていると察すると、部屋にいた来客を返し、ドン・フアンと父は席につきました。そして、どうしたのかとドン・フアンがたずねると、父は私を探しに来た、修道院からいなくなってしまったのだと答えました。ドン・フアンは心を痛めました。というのも彼はその修道院にゆかりがあり、私が幼少時そこにいたころには、何度も私を抱擁してくれたことがあったからです。彼はその土地の出身で、私をとても可愛がってくれたものでした。

私の身の上に話を戻しますと、この会話を耳にしてその場を去り、自分の部屋に行きました。衣類と手持ちのドブロン金貨八十数枚を持って、宿屋に行きました。その晩はそこで過ごし、翌朝、夜が明ける前に、セビーリャにむかう馬方の供をして出発しました。

第2章　バリャドリードを出発してセビーリャへ、サンルカルへ、さらにインディアスへ渡り、ある商人のもとで働き始める

私はバリャドリードでの危機一髪の状況から逃れて、心も軽くセビーリャに到着しました。ゆっくりしたい気持ちに駆られましたが、たった二日間滞在したのみでサンルカルに出発しました。そこからカディスに行き、アラヤ半島にむけて出航する艦隊を見つけました。艦隊長はドン・ルイス・ファハルドです。私はその艦隊に所属するガレオン船のひとつで見習い水夫となりました。そのガレオン船の船長は、母の従兄で、私にとっては従伯父《いとこおじ》のエステバン・エギーノいう名の人

物で、現在はサン・セバスティアンに住んでいます。私は船に乗り込み、艦隊の一員として航海しましたが、なにしろ新入りということでいささか苦労もしました。従伯父は幾度も私が誰の子であるのかをたずね、私はその都度、ロヨラという名の兵士の子であると答えました。彼は私によくしてくれ、私も彼を頼りにし、そうこうするうちアラヤ半島に着きました。我々の艦隊は、その地で要塞を築いていた敵と一戦を交え、撃退しました。そののちカルタヘナまで航海を続け、八日間滞在しました。私はそこで見習い水夫をやめ、船長である従伯父に仕えるようになったのです。

セビーリャにて

ノンブレ・デ・ディオスに到着し、九日間滞在しました。死者が多く出ました。すでに銀の積み込みも終えたので、艦隊がスペインへの帰途につこうという時、私は従伯父を騙して八レアル銀貨を五百枚手に入れました。夜の十時、すでに船長が就寝した頃、私は見張りの水兵に船長の用で上陸すると伝えました。下船を許され、一時間もすると出港を告げる大砲の音がしました。船は錨を上げて出帆し、二度と彼らに会うことはありませんでした。

私はパナマの王室徴税官《ファクトール》の家で従者の職を得ました。彼の名はフアン・デ・イバラで、現在も存命です。彼の住まいのあるパナマに行き、そこに四か月いました。従伯父からせしめた金銭はすっかり使ってしまって一銭も手もとに残らず、主人から金をもらうこともできませんでした。そこでペルーに渡ることに決め、仕えるべき主人を探したのです。

私はペルーのトルヒーリョから来た商人フアン・デ・ウルキサに雇ってもらえることになり、徴税官に暇を乞いました。彼は許してくれませんでしたが、私は勝手に辞めて新しい主人に仕えることにしました。こちらの主人の待遇のほうがよかったのです。財布を任されて、思うままにできましたから。三か月パナマにいて、そののち主人と私はフリゲート帆船に乗りました。マンタ港沖で船は転覆し、泳げる者は脱出しましたが、泳げない者は亡くなりました。

上述の港で我々はガレオン船に乗り込みました。その船でパイタ港に着き、主人はその港で商品がすべて到着しているのを確認すると陸路サニャの町に向かいました。主人は私に、アロンソ・セラト船長のナオ船に二十人の奴隷とともに乗り込み、それらの奴隷と積荷全部の監督をするようにと命じました。その船の運航資金は主人が出していたからです。さらにまた、もしも私の乗った船が先にサニャの港に着くようであれば、台帳と照合して積荷を下ろしておくようにとも命じました。私のほうが主人よりも前に港に着いたので、積荷をすべて下ろし、前述のサニャの町に送り届けました。町は港から内陸に八レグアのところです（レグアは昔の距離の単位。国によって異なるが、スペインでは一レグアは約五・五キロメートル）。私はずっと港にいて荷下ろしをし、主人が町で受け取りました。

最後の荷と共に、私はサニャの町に来ました。主人は私の正確かつ丁寧な仕事ぶりを認め、私を歓迎してくれました。そして私に二着の服——一着は黒、もう一着は色物——をあつらえ、自分の経営する商店のひとつを私にまかせ、商品である布地と現金あわせて二十三万ペソ分を私に託しました。さらに主人は私に商品の売値を記した表を渡し、家事をする奴隷ふたりと料理担当の黒人女性ひとりをあてがい、日当として三ペソくれました。そして主人は残りの商品を運んでトルヒーリョへと向かいました。サニャから三十二レグアのところです。出発する際、主人は掛売りをしてもよい客の一覧表を渡していきましたが、そのなかにドニャ・ベアトリス・デ・カルデナスという名の婦人がいました。

私が任された店の切り盛りを始めると、その婦人が商品の布地をあまりに大量につけで買おうとするので、主人に知らせるまでは何も売るわけにはいかないと考えました。主人に報告したところ、その婦人が店の商品すべてを望むのであれば、そうするように、との返信です。私は主人からの返信をしっかり保存した上で、その婦人が望むものすべてを与えました。

第3章　サニャの町でひとりの警吏の顔に切りつけ、ひとりの男の命を奪い、その町を去ってトルヒーリョに向かう

恵まれた境遇だったというのに、かくも穏やかな日々からいきなり波乱の生活に転じようとは誰が想像したでしょうか。ある日、芝居を観に行ったところ、ドニャ・ベアトリスが間食をとり

たいと言うのです。私は八レアル銀貨四枚を取り出して渡しました。その際、何が発端だったのか、私はひとりの警吏と口論になり、警吏は逆上して私を脅し、顔に斬りつけてやると言ったのです。私は丸腰で、短剣しか身につけていませんでした。芝居がはねて、怒りを胸に帰宅しましたが、ご主人の友人たちがなだめてくれました。そうして翌日の月曜日までは何事も起こりませんでした。

私が店にいて、一万四千か一万五千ペソの値打ちの布地をある商人に卸売りしていたところ、くだんの警吏が店の前を通りかかりました。私はすでに代金を受け取っていたので、商人に早く布地を運び出すようにと告げ、彼が運び出すと、店を閉めました。そして屠殺用のナイフをひと箱持って床屋へ行き、そのうちの一本をよく研いでのこぎりのように目立てをさせました。私は剣を身につけました。剣を帯びるのは初めてです。店を出る前にご主人の丈夫な靴下留めを付けました。そしてその警吏がもうひとりの警吏と教区教会堂の前を散歩しているところを見つけると、後ろから近づき、「レジェス殿」と声をかけました。彼はそういう名だったのです。彼は振り向き、「なんの用だ?」とたずねました。私は「この顔に斬りつけてやる」と告げ、顔中に思う存分剣をふるったので、二十二針分の傷になりました。男は動顚しました。彼の仲間が剣に手をかけ、私も剣に手をかけました。私には剣が役に立ち、敵には役に立ちませんでした。両者同時に飛びかかり、私の剣は敵の左胸の上部を貫き通し、敵は倒れました。私は聖域である教会に逃げ込みました。

地方長官《コレヒドール》ドン・メンド・デ・キニョネス——この人はアルカンタラ騎士修道会の騎士でした——が駆けつけ、私を教会から引きずり出し、牢獄に連れて行きました。私にとって初の入牢です。二重の手錠と鎖をつけられ、両足に枷《かせ》をはめられ、店の鍵を差し出すようにと要求されました。私は断り、それどころかビスカヤ出身の友人を呼んで店の扉に南京錠を三つつけさせました。そして主人に知らせせました。すぐに主人はやってきて、私の姿を見ると地方長官のところへ行き、足枷をはずすようにと要請しました。地方長官がそれを受け入れると、主人はさらに続けて、連れ出された教会に私を戻すようにと言ったのです。

主人が店の様子をたずねたので、説明しました。すると主人は、私が悪の道に踏み入ることがないよう、あるいは殺されたりしないよう、前述の女性ドニャ・ベアトリス・デ・カルデナスと結婚させたいと言うのです。主人は彼女と親しい間柄ですし、彼女の姪は私が顔に傷を負わせた警吏と結婚しているので、そうすれば私の一件も無事におさまるだろうというわけです。

結婚に関してこの婦人との間で起きたいくつかの出来事を話さずにはいられません。私は夜な夜な教会から抜け出しました。主人の家に行くと、主人は私を、彼女と親しくなり、彼女が私をもてなすようにと、彼女の家に行かせたのです。彼女は私をいたく気に入ったので、私に強く迫るようになり、ある夜、私を部屋に閉じ込めて、何が何でも同衾することを望んだのです。そしてあまりにしつこく言い寄るので、私は彼女に酷い言葉を浴びせ、手を上げてしまいました。私は彼女の家を飛び出し、主人の家へ行きました。

結論として、主人に次のように言いました。結婚の心配はご無用です、なぜなら私は結婚しないと決めているのですから、と。主人は私に結婚させようと大金を差し出しました。その婦人の美しさを褒めそやしましたが、実際彼女はこの上なく美しかったのです。主人のやり方は実に狡猾でした。うまくいけば主人と婦人とは良い思いをすることができ、婦人と私が結婚して、私が寝取られ男になるという目論見だったのです。さらに主人は、もしも私が言うことをきかなければ、私を首にせざるをえず、そうすると自分の財産をかくも忠実に守ってきた私という者の奉公を失ってしまうということも心配していました。これほど気苦労の種になりそうなことが私にとって良い話かどうか、考えてもみてください。結局私は主人の商売の清算をきっちり行うこととし、実際にそうしました、主人は、私が彼の頼みに耳を貸すつもりがないと見ると、トルヒーリョに移り住むようにと命じました。主人はそこにも同じような店を構えていたのです。私はそうすることにして、去りました。

第4章　トルヒーリョで男を殺め、リマへと発つ

私がその土地を去ってからも敵の怒りは鎮まることなく、それどころか復讐心を燃やしていました。二か月経つか経たぬかの頃、店で主人に命じられた約二万四千ペソの支払いをしていたところ、主人の召使の黒人がやってきて、「抜き身の剣と盾を手にした男が三人、来ています」と

言うのです。私は警戒しました。支払いを受けていた人は私に受取を渡すと、逃げていきました。私は黒人にフランシスコ・デ・セラインを呼びに行かせました。彼が来て、私を狙う男たちと鉢合わせしました。

デ・セラインが到着すると、我々ふたりは、店の片付けのために黒人を残し、思い切って外へ出ました。出るやいなや、男たちが襲いかかってきて、私たちも彼らに襲いかかりました。剣を交え、まもなくひとりが斃れました。サニャの警吏の同僚で、私が剣で刺した男です。それでも残りの二人は退散せず、むしろ激しく攻め寄り、双方に流血もありました。ドン・オルドニョ・デ・アギーレ地方長官が駆けつけ、私を捕えました。私の相棒は走って逃げました。地方長官はみずから私を連行していき、私がどこの出身かとたずねました。ビスカヤ出身だと答えたところ、彼は私にバスク語で、大聖堂の前を通る時に縄を振りほどいて逃げるようにと言いました。私が言われたとおりにして教会に逃げ込むと、彼は大仰な身振りで騒ぎ立てました。

主人に知らせると、飛んできました。そして彼は私が八十レグア以上離れたリマに逃亡せざるをえないと判断しました。これまでの仕事の清算をすると、主人は私に服を二着あつらえ、道中のためにラバを二頭と六百ペソ、さらには立派な推薦状を持たせてくれました。リマに着いてその推薦状を見せると、すぐその日のうちにディエゴ・デ・ソラルテのもとで働き口が見つかりました。彼はたいそう裕福な商人で、現在はリマの商館長です。彼は私に店を任せ、報酬として年俸六百ペソと食事を提示してくれました。こうして彼のもとに九か月いました。

九か月たった時、主人は私に自分で食い扶持を探すようにと言いました。その理由はこうです。彼の妻には妹がふたりおり、いずれもうら若き乙女でした。娘たちは私と戯れ、私も娘たちと戯れていました。ある日曜日、私が娘たちと長椅子に座り、娘のひとりが私の髪をいじり、私が彼女の脚に触れていたところを主人に見つかってしまいました。主人は私たちに気づかれることなく部屋の入口で聞き耳を立てていたのです。そして何も言わずに立ち去りました。その時、娘は私に財を成しにポトシへ行くように、そして私が帰ってきたら結婚しようと話を持ちかけているところでした。翌日の夜、主人は私を呼びつけ、朝になったら給料の清算をするようにと命じました。私は言いつけに従い、主人は私をお払い箱にしました。

ちょうどその頃リマでは六つの歩兵隊の募集が行われており、私はそのうちのひとつに兵士として入隊しました。すぐに二百八十ペソを受け取りましたが、それはチリに派兵される者に与えられる給料です。主人はこれを知ると、私をたいそう哀れに思いました。自分が将校たちと交渉して私の契約を取り消し、私が受け取った金は自分が返済しようと言いました。私は、自分は旅をして見聞を広めることが性に合っているので、この件はご放念願いたいと伝えました。

第5章　チリに移り、そこで六年過ごす。追放されてパイカビの砦に行く

結局、私はゴンサロ・ロドリゲス隊長が指揮する部隊に配属となり、ドン・ディエゴ・ブラボ・

デ・サラビア総司令官率いる千六百人の部隊でチリ王国に赴きました。船は六百レグアを航海して二十日でコンセプシオンの港に着きました。我々は歓迎されました。チリでは兵力が不足していたので、すぐにアロンソ・デ・リベラ総督から上陸せよとの命令が届きました。その命令を携えて来たのが、ミゲル・デ・エラウソ隊長です。その名前を聞いたとたん、兄だとわかりました。私は修道院にいた頃から、兄がその地にいることを聞いていたのです。彼は総督の秘書官を務めていました。

兄は兵士の名簿を手に、ひとりひとりに出身地をたずねました。私がサン・セバスティアンだと答えたところ、兄はペンを放り出して私を抱擁しました。そして私の親についてたずねたので、かの地のアロンソ・ラミレス・ディアス・デ・グスマンという名の兵士だと答えました。次に、私の名前をたずねたので、父と同じ名前だと答えました。兄は、自分の父親、姉妹と、さらには私の消息をたずねたので、私は委細を語ることのできる立場の者として、すべて詳しく話しました。兄は私を自宅の食事に招待しました。そして「どの配属だ?」とたずねるので、パイカビ砦だと答えると、あそこはひどいところで兵士の生活も悲惨だから、自分の指揮する部隊へ配置転換してくれるよう総督に掛けあおうと言いました。

我々が食事を終えて上階に行くと、そこでは総督が夫人と語らっていました。兄が部屋に入り、私は外に残りました。兄は到着した兵士たちの報告をして、そのなかから同郷の兵士一名の配属を取り消し、自分の部隊に移動させることをお許し願いたい、というのもチリに来て以来、同郷の人に会ったことがないので、と懇願しました。総督は私を呼びに来させ、私を見ると、配属の変更はできないと言いました。するとと総督夫人が兄を呼び、便宜を図ってくれました。すべての部隊が出発しましたが、私は兄の配下の兵士として彼の部隊に残りました。こうして私は兄と六年間、寝食を共にしたのですが、正体に気づかれることはまったくありませんでした。

六年たった頃、兄は私に、自分の想い人の家には行かないでほしいと言いました。兄は私をその家に何度か連れて行ったことがあります。兄が嫌がるので、わざともっと酷いことをしたところ、ある夜ついに、その家から出るところを見つかってしまいました。兄はナイフで私に襲いかかり、片手に傷を負わせました。私はフランシスコ会修道院に逃げ込みました。そこから総督によって追放の命令を下され、パイカビ砦に行ったのです。それまでは恵まれた兵士生活だったというのに、その砦で私は艱難辛苦を忍んで七年過ごしました。

チリのすべての部隊がバルディビアの平原に集められ、そこで総勢一万人が野営しました。敵が襲来し、戦いました。初日、我々は勝利しましたが、

兵士としてチリに赴く

二日目は敵に大勢の援軍があり、我々は大打撃を被り、多くの兵、多くの歩兵隊長と我が軍の旗手を務める少尉が命を落としました。そして敵は我が部隊の軍旗を奪い去ったのですが、私と他の二名の騎兵がインディオたちをかきわけて軍旗の後を追いました。仲間の兵士が一人、殺されました。残りの二名で追跡を続け、軍旗を持ったインディオ——彼が首長だったのですが——に追いつくと、敵は槍の一撃で私の仲間を落馬させ、殺してしまいました。そして私は脚に銃弾を受けました。首長は旗を持ったまま逃げ続け、さらに速度を上げました。私が彼を追尾し、背後から槍で攻撃すると、敵は落馬しました。さらにもう一撃を加え、旗を奪取しました。そして馬に鞭をあてました。あまりに多くのインディオが私を追撃したので、残った味方の者たちのところへ戻り着いた時には、私は三か所の矢傷と、左肩には、さほど重症ではありませんが、槍の傷を負っていました。私は馬から転げ落ちました。

生還するとすぐ、それまで絶交していた兄が救護に駆けつけました。私は治療を受けました。我々はそこに九か月間、陣営を張っていました。そして私が恢復すると、兄は総督に私を旗手役の少尉に取り立ててくれるように嘆願しました。他の者たちも、私がそれにふさわしい者として推挙してくれました。総督は私を旗手として取り立て、アロンソ・モレーノ率いる部隊の少尉にしてくれたのです。

総督はこの部隊を、一時帰休明けのゴンサロ・ロドリゲス隊長の配属としました。彼は私が仕えた最初の隊長だっただけに、このことを嬉しく思いました。私は五年間、少尉を務めました。かの有名なプレンの戦いに参戦し、そこで隊長は命を落としました。私は六か月の間、部隊を率いていくつかの戦闘にも参加し、何か所か矢傷を負いました。総督が私を隊長に任命するものと目されていましたが、そうはいきませんでした。というのも私は、インディオの隊長を縛り首にしたことがあったからです。この者はキリスト教徒で、ドン・フランシスコ・ギスピグアラという名で、裕福で信望を集めていた人物でした。私がこの男を縛り首にしたのは、来る日も来る日も我々に戦を仕掛け、不安に陥れたからです。ある突撃で、私は彼と対決することとなりました。馬から引き倒し、彼が降参すると、すぐ近くの木に吊るし首にさせました。総督がその報告を受けると、彼は不愉快に思い、私をひどく叱責しました。総督はその男を生け捕りにしたかったのです。私は任務を解かれました。隊長の任務はカサデバンテ隊長に渡ることとなりましたが、総督は私の身の保証はしようと約束しました。こうして我々はそこを引き払い、それぞれの部隊は持ち場の砦へと去りました。私はナシミエント砦に行きましたが、この砦の良いところは「誕生《ナシミエント》」という意味の名称だけで、あとは死ばかり。我々はいっときも武器を手放すことはできませんでした。

　その頃、総督の命を受けて、アルバロ・ヌニェス・デ・ピネダ総司令官がすべての要塞を視察し、そこから八百名の騎兵を選ぶためにやってきました。視察の結果、選ばれたうちのひとりが私です。多くの隊長や一時帰休中の士官も選ばれました。我々はプレン盆地に軍務遂行のために派遣されました。その地で幾度も攻撃をしかけ、耕作地を焼き払い破壊して甚大な打撃を与えました。そこに二十か月いました。そののちアロンソ・デ・リベラ総督より許しを得てコンセプシオンの町に下り、ドン・フランシスコ・ペレス・ナバレテの部隊に入りました。いくつか騒動もありましたが、そのうちの最たる出来事についてはこれから述べることといたしましょう。

第6章　コンセプシオンの衛兵詰所で一時帰休中の少尉と軍の司法長官を殺し、その後決闘で兄のミゲル・デ・エラウソ隊長を殺す

運命は、私を弄んでいるのか、あるいは私に幸運を授けたのを後悔しているかのようで、幸福の果実がまだ熟さぬうちに災いによって摘み取ってしまったのです。ある日のこと、部隊に顔を出して、一時帰休中の少尉とカードゲームをしようとしたところ、その者は剣を交えるのが禁じられている衛兵詰所にいるのをいいことに、言い争いで私を嘘つき呼ばわりしたのです。私は短刀を抜き、二回、見舞ってやりました。部隊全員が大騒ぎとなり、副官が私を取り押さえましたが、この時、兄がやって来ました。私がまさか妹とは知らないながらも、ひどく私の身を案じ、バスク語で、命が助かる方策を考えよと言いました。

ちょうどその時、軍の司法長官フランシスコ・パラガネラが取り調べに来ましたが、私は罪状否認しました。兄と他の少尉たちは、投獄もされていなければ総督の面前でもないのにそうした取り調べが行われるのは公正ではないと主張しました。司法長官は私の胸倉をつかみ、もみあい

になりました。兄と他のビスカヤ人たちは私のすぐ横を通りざま、命を落とすなよとバスク語で言いました。それに勇気を得て、私は短刀を抜き、司法長官に放せと迫りましたが、彼は応じません。私は短刀の一撃で彼の両頬を貫きました。しかしそれでも彼は手をゆるめません。もう一撃お見舞いしたところ、仕方なく私を放しました。

自由になると、私は剣を抜き、衛兵詰所の戸口へとむかいました。そこでいささか抵抗に遭いましたが、たいしたことはありません。皆、私に味方してくれていたのです。私は司法長官と少尉の命を奪い、フランシスコ会修道院の教会に逃げ込みました。この事件の知らせが、アロンソ・ガルシア・ラモン総督にもたらされました。その教会は大勢の兵士たちによって六か月以上、包囲されました。王国のいかなる港も私に乗船を許した場合には重罪を課すとの布告が発せられ、私の逮捕に多大な賞金が懸けられました。さらにあらゆる要塞や砦には、私が敵のインディオの側に身を投じることがないように見張れとの通告が出されました。

結局はこの厳戒態勢も次第に緩くなり、何か月かたつ頃には修道院を見張る兵士たちもいなくなり、私はさほどの困窮も恐怖も感じなくなって、友人や知人の訪問も受けるようになっていきました。ある日、現役少尉で親友のドン・フアン・デ・シルバがやって来て、「サンティアゴ騎士団のドン・フランシスコ・デ・ロハス殿と口論になり、今宵十一時に決闘をすることとなった。私と敵はそれぞれ友人をひとり、供に連れてゆく」と言うのです。私は、自分を逮捕するため仕組まれた罠なのではないかと怖れ、すぐには態度を決めかねました。しかし彼はそれに気づくと、こう言ったのです――「もしも貴殿が来てくれぬのなら、私はひとりで参る。味方として信用できるのは、自分自身か貴殿のみだ」と。そこで私は行かざるをえなくなりました。

修道院の祈禱の時間に外へ出て、彼の家に行き、夕食をとって、十時まで会話をしました。それからケープと剣を取り、指定された場所に赴きました。たいそう暗く、自分の手すら見えぬほどでした。暗闇で互いのことがわからなくならないよう、腕にハンカチを結わえたほうがよいと思い、友人と私はそうしました。

ドン・フランシスコ・デ・ロハスと兄が到着しました。到着するや、ドン・フランシスコが剣を抜きました。兄はまだ動かずにおります。ドン・フランシスコとドン・フアン・デ・シルバは剣を交え、ドン・フランシスコが我が同僚少尉を一突きして、少尉は負傷しました。私はすぐに少尉に加勢し、兄はすぐさまドン・フランシスコのもとに駆けつけました。二対二で闘いましたが、まもなくドン・フランシスコと少尉が倒れてしまい、私と兄が、お互いに相手が誰だかわからぬまま、闘う仕儀となりました。しばらくやりあった後、不幸なことには、私の一突きが相手の左胸の下に当たり、皮の胴着を貫いたのです。彼は「おのれ、やったな」と言いました。その声に聞き覚えがあったので、近づいて、誰だかたずねました。彼は言いました、「ミゲル・デ・エラウソ隊長だ」と。私は気を失いそうになりました。

彼は大声で告解を求め、他のふたりも同様でした。私は走ってフランシスコ会修道院の教会に戻り、彼らの告解を聴くよう、修道院からふたりの修道士を急ぎ差し向けました。修道士たちの到着が間に合い、ドン・フランシスコとドン・フアン・デ・シルバは告解をしたのち、息を引き取りました。兄は告解を終えると、軍務秘書官として仕えていた総督の家に運ばれ、二日のあいだは息がありました。総督は犯人が誰なのか大規模な捜査をしましたが、わかりませんでした。深手を負った兄は瀕死の床で少量のワインを求めました。総督の医師でその場にいたロブレド博士はそれを認めず、「隊長殿、それはなりません。命取りになります」と答えました。すると兄は、「わずかなワインを私に下さらぬとは、私に死をもたらしたディアス少尉よりも、酷なお方よ」と言ったのです。

こうして犯人の名前が明らかになってしまいました。総督はすぐさま教会を再包囲するように命じ、自ら衛兵を率いて修道院に乗り込んできました。管区長のフランシスコ・デ・オタロラ師――今はリマにお住まいですが――率いる修道士たちは、「総督殿、この扉より内に入ることはなりません。いちど入れば、外には出られませぬ」と告げました。総督は考え込んだのち、衛兵たちをその場に残して立ち去りました。

深手を負った兄は息を引き取り、前述の修道院に埋葬されました。私は聖歌隊席から葬儀の様子を眺めました。そこで長い時間そうしていました。お触れで私の名前が呼ばれ、自首するように、さもなければ死刑にすると言われましたが、応じませんでした。それまでの所業だけでも、じゅうぶん死刑に値していたからです。

第7章　コンセプシオンから逃走する。チリの無人地帯で多くの苦難に遭い、仲間がふたり、命を落とす。トゥクマンに着く

八か月以上、くだんの修道院にいました。八か月が過ぎ、私は修道院を出て、コンセプシオンの司教であるドン・フリアン・ポンセ・デ・レオンのところに行きました。司教は私をバルディビアの港に連れていき、(3)そこで私に馬一頭と武器、そして道中のための食糧をくれました。私は海岸線に沿って歩き始め、大いに難渋し、水不足に苦しみました。あのあたりは雨が少ないのです。同じ道を行くふたりの兵士と出会い、私たち三人とも馬と火器しか持たない者どうし、捕らえられるよりは死ぬ覚悟で歩き続けることにしました。

私たちはアンデス山脈を登っていきました。三十レグア以上の登り坂で、しかも食糧が足りません。というのも、私たちが踏破した六百レグア以上の道のりに集落はなく、敵のインディオが僅かばかりいるだけなのです。私たちはある夜、食用にするため馬を一頭屠《ほふ》りました。天日で乾燥させて干し肉にするのです。しかし骨と皮ばかりでした。それでも、他の二頭も順に同じように干し肉にして、しまいには私たち全員、徒歩となってしまいました。歩き続け、寒冷地帯に差しかかりました。死ぬとそのまま凍ってしまうところです。岩に寄りかかっているふたりの男を見つけました。まるで笑っているかのように口を開けています。生きていると思い、そんなところで何をしているのかとたずねました。だが近づいてみると死んでいるとわかり、心底ぞっとし

ました。

　私たちは前進し、その三日後、岩山で夜を過ごしましたが、仲間のひとりが凍死しました。翌朝、残りのふたりで出発し、その二日後の午後四時あたり、道連れはもう歩けないと言って泣いて座り込み、一時間ほどのちに息を引き取りました。彼の巾着袋に八レアル銀貨を八枚見つけました。神にこの身を委ね、僅かばかり残った干し肉をかついで道を続けました。道連れたちと同じ運命が私にも待ち受けているだろうと思いつつ。

　独りになってからは、進む道もわからずどこへ向かっているのか見当もつかず、さらに困難を極めました。半月ののち、あまりに疲労困憊し、悲嘆に暮れ、足の痛みもひどいので――馬を屠ってからは徒歩となったので、靴が破れてしまい、裸足だったのです――木にもたれて泣きました。インディアスに来て以来、一度も泣いたことはなかったというのにです。聖母マリアの祈りを唱え、この聖なる婦人とその夫である栄光の聖ヨセフ――私の守護聖人です――とにすがりました。翌日、私はチリ王国をはずれ、トゥクマンの地に入りました。自分ではどこにいるかわからないままでしたが、ただ、土地の気候が変わったのを感じました。

　次の日の朝、疲労と空腹とで立つことができませんでした。そうして座っていると、四人のインディオが馬に乗ってやってくるのが見えました。絶望しました。自分がチリの領土内にいると思い込み、彼らがインディオの戦士だと思ったからです。銃の準備をしました。もっとも、これだけ体が弱っていたのではたいして身を護ることもできません。インディオたちが近づいてきて、こんな遠く人里離れたところへどこから来たのだとたずねました。彼らがキリスト教徒だとわかり、私は安心しました。そこがどこなのかをたずねると、トゥクマンから五十レグアの場所だと教えてくれました。彼らは馬から下り、食べ物を分けてくれて、自分たちの女主人のところへ一緒に行くのならば、連れていってやると言いました。女主人は未亡人で農場主なのです。どれほどの距離があるのかとたずねると、六レグアだとのことです。そんなには歩けないと言うと馬を貸してくれたので、それに乗りました。私たちは道を続けて、午後五時に到着しました。

婦人は私をあたたかく迎えて、ベッドを用意して寝かせてくれたので、体を休めることができました。そこで一週間、実に快適に過ごし、具合もよくなりました。ラシャの服をもらいましたが、それは私が大いに必要としていたものです。この婦人はメスティサ、すなわち父親がスペイン人で母親がインディオ女性です。この地方にはスペイン人がほとんどいないので、婦人は私を家令として手元に置き、どうやら彼女のひとり娘と結婚させたい様子でした。彼女は裕福でたくさん家畜を飼っており、私にそこに留まって家の一切を取り仕切るようにと言いました。私は留まりましたが、それは体力の回復を図るためでした。

二か月たつと、婦人は私に結婚するようにせきたてました。私は承諾しました。そして結婚のため、婦人とその娘と私とはトゥクマンの町に来ました。私は婦人とその娘と暮らして、主のように振舞い、婦人は私を息子と呼びました。彼女たちは私に新しい服を仕立ててくれましたが、私はある夜ラバに乗り、二度と見つからないところへと旅立ちました。その地に四か月以上滞在したあとのことです。私の妻は色が黒く醜くて、私の好みとは正反対でした。私は美しい顔立ちが好みなのです。ゆえにこの女性と過ごした四か月は、四世紀にも思われたと言えましょう。

第8章　ポトシに移動し、ドニャ・フランシスカ・マルモレホの顔に斬りつける。七回、吊り落としの刑を受けるが、危機を脱する

こうして夜明けとともにトゥクマンを発ってポトシへの道を辿りました。内陸の寒い土地が五百五十レグア続き、その大半は無人地帯です。二か月の旅の後、ポトシに着きました。町に入りましたが、誰も知っている人はいません。銀山で職を見つけ、フランシスコ・デ・アガヌメン隊長の所有する鉱山の監督の地位に就きました。アガヌメン隊長はビスカヤ出身で、たいへん私によくしてくれました。この職場は景気も良く、仕事は順調でした。しかし私は鉱山でまた別のビスカヤ出身の男といさかいをしたのが原因で、隊長の家を去ることになりました。その男は重傷を負い、しかも私の主人の友人だったのです。

仕事を辞めましたが、すでにその土地と住民とをよく知っていたので、たいして困りはしませんでした。私はドニャ・カタリーナ・デ・エチャベスという婦人の家によく出入りしていました。彼女はインディアス全土で最も権勢を誇る女性で、未亡人でした。聖木曜日のこと、彼女が帝都ポトシのサン・フランシスコ教会へ聖週間の祈禱に行ったところ、レモス伯爵の甥であるドン・

ペドロ・デ・アンドラデの妻と出くわしました。ふたりは着席する位置をめぐって激しく言いあいを始め、ドン・ペドロの妻が私の女主人を靴で何度も蹴りました。女主人は帰宅すると、家の者たちに顚末を知らせました。もう夜も遅いのでドン・ペドロの妻は教会から出られずにいました。そこで夫君であるドン・ペドロが、地方長官ドン・ラファエル・オルティス・デ・ソトマヨール——この方はマルタ騎士団の騎士で、現在はマドリードにおられます——とこの町の判事二名と警吏を十二名ないしは十四名と、赤々と燃えるたいまつを掲げた兵士六名を引き連れてきたのです。そして教会に入り自分の妻を連れ出しましたが、まさにその時、通りの隅々でいっせいに刃傷沙汰が起こりました。すべていんちきの喧嘩です。すぐに地方長官と司直が駆けつけて騒ぎを鎮め、騒いでいる者たちを捕えようとしましたが、その間、ドン・ペドロは妻とふたりでその場に残されました。

その時、かつらをつけインディオの服装をした髭のない若者が坂道を上ってやってきました。そして彼女に近づくと、ぎざぎざの刃のナイフで彼女の顔を上から下へと一直線に斬ったのです。この事件が起きた時、外科医と床屋は買収され、わざと下手に治療をするようにと言い含められており、実際そのとおりにしました（当時の床屋は傷の手当などの外科手術も行った）。顔に斬りつけた犯人が通る道筋はどこも喧嘩沙汰の最中でした。犯人が追跡されて捕らえられるのを妨げるためです。とにかくその日はたいへんな騒ぎで、夜の宗教行列は中止となりました。

地方長官ドン・ラファエル・オルティスは私の女主人であるドニャ・カタリーナ・デ・エチャ

ベスの家を訪ねました。彼女は応接室に座っており、その傍らには抜き身の剣が置かれていました。地方長官は彼女に恭しく丁寧に話しかけ、ドニャ・フランシスカ・デ・マルモレホの顔に斬りつけた者を知っているかどうか、偽らずに話してほしいと言いました。彼女は知っていると答えました。彼が、それは誰だとたずねました。彼女が答えていわく、それは一本のナイフと自分の手だと。彼は彼女に見張りをつけました。そして屋敷の使用人全員に尋問をし、あるひとりのインディオの番になった時、本当のことを言わなければ拷問するぞと言いました。彼はすっかり怯えて、私の罪を暴いてしまいました。すなわち、女主人が私に衣装を着せ、みずからの手で私にかつらもつけ、そしてナイフはビスカヤ人のフランシスコ・シラグンという床屋が持ってきた、と言うのです。さらに続けて言うには、私がその姿で外出し、しばらく後に戻ってきて、家に入る時に女主人が「首尾は？」と尋ねると、私が「任務完了です」と答えたと。インディオは自分の知っていることは以上だと述べました。その夜、床屋が逮捕され、翌朝には私が逮捕され、ふたりとも鎖と足枷をつけられ、取り調べが終わるまでは言葉を交わすことのないよう、引き離されました。

この件のためにラプラタ（現スクレ）の町の聴訴院判事がやって来て、ポトシの司直全員と地方長官を捕らえ、権限を剝奪しました。そしてある夜、監獄に来ると、床屋を呼び拷問にかけたので、床屋はすぐに自分のことも人のことも白状してしまいました。床屋が白状したので、今度は私が呼ばれました。私は床屋の言ったことは嘘だと主張し続けました。判事は私に服を脱ぐように命じました。私はいやいやながら従いました。友人のある弁護士が、私を拷問にかけることはできない、というのも私はビスカヤ人であり、ビスカヤ人はそうした特権を有しているからだと言いました。しかし聴訴院判事がこの特権を尊重しようとしなかったため、私の役には立ちませんでした。彼は私を脅し、ビスカヤ人だからといって逃げられると思うなよと言い、吊り落し刑を八回、執行しました。(4) 私は尋問されるたび、床屋も誰も彼も嘘つきだと言いました。次に判事は私を拷問台に連れていくよう命じました。

こうした言い争いをしているところへ、私の女主人ドニャ・カタリーナの書簡を携えた小姓がやって来て、聴訴院判事に直接、手渡しました。彼は封を開け、しばし私を見つめると、「拷問台からはずせ」と命じました。私は再び鎖と足枷をつけられ、判事は家に帰ってしまいました。裁判は続き、私はチリで十年間の無給の労働、床屋は鞭打ち二百回とガレー船漕ぎの刑になりました。私たちは控訴をした結果、釈放され、訴訟費用の負担もせずにすみました。一方、ドニャ・フランシスカは三万ペソの罰金を払う上に、ポトシから追放されたのです。金銭の力に勝るものはありません。

第9章　チャルカス（現スクレ）に移動する。コチャバンバで男をひとり殺し、さらにもうひとり殺す。絞首刑を言い渡されるが、まさに処刑というその時に放免される

前述の危険からは脱したものの、その土地から姿を消さないわけにはいきませんでした。私は

そこから十六レグア離れたチャルカスに行き、市の参事会員フアン・ロペス・デ・ギホのもとで使用人頭として職を得ました。彼のもとで働き始めて二日後、私についいて耳にした評判から、彼は荷運び用に一万頭のリャマを私に委ねたのです。さらには千数百人のインディオもつけてくれ、報酬として千二百ペソ、さらに食事代として週に十四ペソをくれました。この仕事のために彼は私に大金を託し、コチャバンバ盆地に行くようにと命じました。コチャバンバはたいそう大きな町です。

私はその町に行き、主人のために八千ファネガの小麦を、一ファネガあたり四ペソで即金にて仕入れました（ファネガは昔の容量の単位。国によって異なるが、スペインでは一ファネガは五五・五リットル）。リャマに小麦を積み、ピルコマヨ川の粉挽き小屋に行くと荷を下ろして、粉挽きをしてもらうように話をまとめ、作業にとりかからせました。こうして三千五百ファネガの小麦を挽いてもらうと、その挽いた小麦を持ってポトシへと出発しました。その町でふたりのパン屋に積み荷のすべてを一ファネガあたり十五・五ペソで、現金払いで売りました。代金を手にすると、私は粉挽き小屋に戻りました。そこで私は上手いことに残りの小麦すべてを一ファネガあたり十ペソで売ったのです。私は金を受け取ってチャルカスの町へ戻り、事の次第を報告しました。

その後も私は小麦の商いを続けました。ある日曜日のこと、特にやることもないので、その地の司教の甥であるドン・アントニオ・カルデロンの家にカードゲームをしに行きました。こちらで結婚したセビーリャ出身の商人と助祭長ならびに司教総代理がすでに来ており、私は仲間に加わりました。いくつかやった勝負のうちのある時、商人が賭けをしました。何を賭けるのかとたずねたところ、彼は答えず、ただ「賭ける」とのみ言いました。私が三度、何を賭けるのかとたずねたところ、彼はエスクード金貨一枚を取り出し、「角《つの》を一本、賭ける」と言いました。私は彼の顔を見つめ、「貴殿の賭ける角《つの》を手に入れ、残りのもう一本も頂戴して賭けてやろう」と言いました。[5] この言葉に彼はカードを投げ出し、短剣を取り出したので、私も同様にしました。ふたりとも立ち上がりましたが、その場では自制してそれ以上の騒ぎにはなりませんでした。彼は階下へ降り、私もあとを追い、おもてに出るや、互いに剣を抜き、襲いかかりました。人々が駆けつけてきた時には、彼はすでに倒れ、息絶えていました。私は教会に逃げ込もうとしましたが、警吏たちに飛びかかられました。抵抗し、二か所の傷を負い、ようやく大聖堂に逃げ込みました。その夜は部下たちに巡回を怠らないようにと命じ、彼らはそのとおりにしました。私は馬を駆り、ミスケに着きました。ここは司直の管轄区域が異なるのです。私はそこで商売を続けました。

その時、私の身に起きたことを知った主人は、裏切りに用心するように手紙を書いてよこし、私もその点にはじゅうぶん注意を払っていました。小麦を仕入れ、その小麦が私よりも先に目的地に着いているように手配しました。

コチャバンバ[6]に着くと、司教の秘書のフアン・トリソ・デ・ラサラガという人物が私を家に招き、夕食の後、何人かの友人も加わり多額の金を賭けてカードゲームを始めました。ちょうどこの時、既婚のポルトガル人で口の悪いフェルナンド・デ・アコスタという博奕打ちが加わり、隣に座りました。私がカードを握ると、彼は組札ごとに十四ペソ、賭けてきました。私が彼に十六回勝つと、彼は自分の頬をはたきながら「畜生、悪魔の生まれ変わりめ！」と言いました。そこで私は彼を見て言いました――「悪魔の生まれ変わりだと？　負けるのがそれほど悔しいのなら、ゲームはおやめになるがよかろう。貴殿が負けた百ペソのかわりに二百ペソ渡すから、ここから去りたまえ」と。彼は私のほうに手を伸ばしてきて、親父に生えていた角《つの》はどうした、と言いました。それを聞くと私はカードを彼の顔面に投げつけました。そして両者とも剣を抜きましたが、同席した者たちが仲裁し、その場はそれで収まりました。

彼はほどなく帰り、私は夜の十時を過ぎた頃、いとまを告げて宿に戻りました。彼は盾と抜き身の剣を手に街角で私を待ち受けていました。そんな時間に人影が見えたので、私は用心しました。ケープをまくって斜め掛けにし、剣を抜いて進んでいきました。彼は私が近づくと襲いかかってきて、巧みに突いてきました。私も懸命に防戦しました。しばらく争った後、ついに私は彼の心臓を一刺しにすることに成功し、彼は告解をすることもできぬまますぐに斃れました。私は寝部屋に帰り、寝ました。誰かに目撃されたとは思いませんでした。

翌日の早朝、地方長官ドン・ペドロ・デ・メネセスの来訪がありました。彼は宿に入ると朝の挨拶を述べた後、私を寝床から引っ立てて牢獄へ連れて行きました。道中、なぜ私が捕らえられねばならないのかたずねましたが、理由は後で話すと言うのみでした。私は投獄され、すぐに手枷足枷をされました。一時間後に書記がやってきて供述を取ろうとしました。供述を拒みましたが、不利な証言をする者たちがいたので、供述拒否も役には立ちませんでした。月曜日に、控訴の機会も与えられぬまま死刑を宣告されました。

告解のための猶予を与えられましたが、私は告解する気はないと告げました。すると次々に修道士が私の牢獄を訪ねてくるので、絞首刑のことよりもこのことのほうが苦痛でした。タフタ織のカルメル修道会の服を着せられ、馬に乗せられました。私を擁護する司祭たちが私を奪還しにくるのではないかと地方長官が危惧したため、通常の道筋を引き回されることなしに、処刑場に直行となりました。だがそこでも聴罪師たちが告解せよとあまりに激しく迫るので、頭がおかしくなりそうでした。

司教が到着し、地方長官に対して、私に控訴の機会を与えるようにと強く要望しました。彼は強固な態度で、司教への敬意もどこへやら、それはならぬと言い張り、処刑を急ぐようにと命じました。修道士たちは私に告解させよと叫び、私は大声で嫌だと返しました。警吏たちは私を押さえつけ、処刑台への階段を四段、のぼらせました。私が階段をのぼると、ふたりの修道士が私を大声で圧しながら、同じようにのぼってくるのです。そのうちのひとりはアンドレス・デ・サン・パブロという名のドミニコ会修道士で、現在はマドリードのアトーチャにある修道院にいます。一年ほど前、そこで彼を見かけ、話をしました。この修道士がもっとも執拗に私に告解を迫ったのですが、まったく無駄に終わりました。

私はさらに階段をのぼらされ、絞縄をつけられました。これは死刑執行人が絞首刑のために使用する細いロープのことです。縄が痛いので、死刑執行人に、「この酔っ払いめ、縄のつけ方が下手じゃないか」と言ってやりました。人々は私のこうした頑とした荒々しい態度に驚きました。修道士たちは私に対して告解せよと鬱陶しいほど叫び続け、地方長官に対しては、この私の魂が改悛して神に赦しを請うあいだ、キリストの脇腹の傷にかけて処刑を中止するようにと叫び続けます。地方長官は、もうじゅうぶん時間は与えたのだから、私が告解するのを拒むのであれば、すぐに私を神の裁きに渡してしまいたい、神に対する自分の務めは裁判をすることだけなのだから、と言いました。

ちょうどこの時、ラプラタ（現スクレ）の町の急使が走ってきて、聴訴院の長官であるドン・ディエゴ・デ・ポルトガルの秘書官名義の、地方長官宛の封緘された書状を差し出しました。ちなみに、現在ではこの秘書官が長官です。この秘書官はマルティン・デ・メンディオラという名のビスカヤ人で、私の窮状を知って書状を出したのです。書状には、地方長官は私の刑の執行を中止し、そこから十二レグアのところにあるラプラタの町の聴訴院に裁判を差し戻すように、そして

あわや絞首刑

この命に背いた場合には地方長官に死刑と財産没収を言い渡すとありました。こうした事の次第はじつに驚くべきもので、神のお慈悲の表れかとも思います。事実はというと、私を陥れる証言をした者どもが、その日のうちに別の罪でドン・ディエゴ・デ・ポルトガル長官によって死刑宣告されたのです。そしてまさに刑の執行という時に、自分たちは買収され、そそのかされて私に不利となるよう偽証したと供述したのです。かくも処刑寸前の時にこうした書状が届いたのですから、私を哀れに思っていた人々の喜びはひとかたならぬものでした。私は絞首台から下ろされ、大勢の人に警護されて牢獄に戻され、そこからラプラタへと送られ、その土地で二十日後には釈放されました。

私はラプラタで少しの間過ごしました。そこからコチャバンバの町に行き、前述のフアン・ロペス・デ・ギホとペドロ・デ・チャバリアの間の清算をしました。この人はナバーラの出身で、ドン・フアン・ダバロス隊長とドニャ・マリア・デ・ウリョアの娘であるドニャ・マリア・ダバロスと結婚していました。清算をしてみると、ペドロ・デ・チャバリアは私に千ペソの借りがあるとわかりました。彼はすぐに支払いを済ませてくれ、私は彼ら夫妻と食事をしました。そしてラプラタに向けて出発するため暇乞いをしたのですが、ドニャ・マリア奥様は、かの地で自分の母親を訪ねてほしいと、私に依頼したのです。彼女の母親はアウグスティヌス会の女子修道院の創設者でした。

第10章　ドニャ・マリア・デ・ウリョアをラバの後ろに乗せてコチャバンバを出発する。彼女の夫に追いつかれる

私は宿で手間取り、日が暮れかけてからようやく出発しました。くだんのチャバリアの家の前をたまたま通りかかったところ、邸内の玄関ホールで大騒ぎをする音が聞こえてきました。少し立ち止まると、窓からドニャ・マリア・ダバロスが顔をのぞかせ、こう言ったのです――「少尉さん、私を一緒に連れて行って下さらない？」そこで私は申しました――「奥様、もちろん喜んで。寒いので、奥様が温めてくださるでしょう」と。彼女は涙ながらに、ふざけているのではない、夫に殺されそうなのだと言いました。こう話をしているところにふたりの修道士がやってきて、彼女は司教の甥であるドン・アントニオ・カルデロンと一緒にいるところを夫に見つかり、夫は彼を告解する暇も与えぬまま殺してしまったのだと教えてくれました。そして、彼女も殺すつもりで監禁していると言うのです。私は困惑しどうしてよいかわからず、「ご主人が玄関ホールにいるというのに、私はどうしたらいいんです？」とたずねると、彼女は「この窓から飛び降ります」と言うのです。「では、いざ」と私。彼女はすぐに飛び降り、ふたりの修道士が手助けして彼女を私のラバの尻に乗せ、私たちは出発しました。立派な体格のラバで、夜の十二時にはラプラタ川に着きました。道中、チャバリアの召使と出くわしてしまい、私たちが必死に顔を隠したのに、彼は私たちを見破り、主人のもとへ行って知らせました。

川岸について私は震えあがりました。彼女は渡りましょう、それよりほかに手はないと言います。私はラバから下り、浅瀬を探し、ようやくなんとか渡れそうなところで、ドニャ・マリアをラバの尻に乗せたまま川に入りました。ほんの数歩進んだところで、ラバが流されそうになりました。ラバは体勢を立て直し、立ち上がり、泳いで、私たちを対岸に渡してくれました。そこには私の使用人であるインディオが天幕を携えて待っていました。かの地では、旅の際には天幕を携行する習慣なのです。私は使用人に下着を二枚出させ、ドニャ・マリアに着替えさせ、私の天幕の中で横になってもらいました。ここでいう天幕とは、かの国で旅人が用いる幕舎のことです。

私はその近くの旅籠に行って亭主を起こしました。彼は私が川を渡って来たと知って驚きました。卵をいくつか、パンと果物を少し手に入れ、ドニャ・マリアのところへ戻ると、彼女は激しく泣いていました。食事が終わると、彼女は眠気に襲われ、そこで休みたいと言いました。ですが私は反対し、彼女に身支度をさせ、手助けし、励まして、ラバに乗りました。そしてインディオに、翌朝にはそこから五レグアのところにある町に来るようにと告げました。夜が明けるとその町が目に入り、私たちは安堵して進んでいきました。

その時、彼女が私につかまる手になおいっそう力をこめて、「ああ、どうしましょう、そこに主人が!」と言ったのです。振り向くと男がおり、私たちにむけて銃を発射しましたが、有難いことには命中しませんでした。私はラバをせきたて、市中に入り、ドニャ・マリアの母のいる修道院に着くと、すぐに教会側の扉が開けられました。私たちはラバから下り、彼女は母親と共に教会に入りました。その時、彼女の夫が追いついてきて、剣を抜き、私に襲いかかってきました。私も剣を抜き、激しく渡り合いました。剣を交えながら私たちは教会内に入り、そこで私はふた突き食らいましたが、反撃することができませんでした。闘いは続き、私は彼を主祭壇に追い詰めました。彼は私の頭部めがけて大きく剣を振り下ろしましたが、私はそれを短剣で防ぎ、彼に激しく襲いかかったので、剣が鎖かたびらを貫き、切っ先が一掌尺ほど脇腹に刺さりました。

騒ぎを聞きつけて人々が駆けつけ、さらには町の判事も駆けつけて私たちを捕えようとしました。私は死に物狂いで、ファン・ロペス・デ・ギホの義兄弟で警吏長であるドン・ペドロ・ベルトランがこっそりと手を貸してくれたおかげで逃走し、フランシスコ会修道院の教会に逃げ込みましたが、ラバに逃げられてしまいました。ラバは二度と現れないままです。そこで傷の治療を受け、五か月のあいだ身を潜めていました。その間にドニャ・マリアの夫も恢復し、執拗に妻を返せと言ってきました。しかし彼女は修道院から出ようとはしません。この件がおおやけになると、夫と妻の双方が法的手続きを始めました。最終的には、大司教、聴訴院の長官、さらにはその

銃を構えるチャバリアを振り払う

地の貴顕やら有力者やらの間で、彼女は修道女になり、彼は修道士になるべしと意見がまとまりました。そして実際にその合意が実行に移され、夫のほうもそれを承諾しました。ですが、その合意では私の処遇が扱われておらず、私は赦免されないままで、私の扱いを巡って議論が続きました。

そこへフアン・ロペス・デ・ギホが入って来て、ドン・バルトロメ・デ・ペラルタ大司教や他の人々と話し、私がこの一件に関わるようになったのは全く思いもかけぬ偶然で、悪意のないものであったと知らせたのです。皆は納得し、私を赦免して、ドニャ・マリアの夫はフランシスコ会の修道士になりました。私は修道院から出て、フアン・ロペス・デ・ギホと代金の清算をし、ドニャ・マリア修道女のもとへ足しげく通いました。彼らは高貴な出自で恩義を感じる者として私に手厚くしてくれました。

第11章　官職に任命される。ある少尉を首吊りの刑にする。ラパスの町で地方長官の従者を殺す。絞首刑を言い渡されるが、釈放される

楽な暮らしも悪くはありませんでしたが、私は何か仕事を探そうと思いました。ドニャ・マリア・デ・ウリョア奥様が、聴訴院とその長官に掛けあい、私にコチャバンバとミスケ平原の任務を見つけてくれました。その任務によって私は警吏と公証人を任命し、チュキサカ（現スクレ）を出発しました。日当二十五ペソで、五か月のあいだその任務にありました。その間、私はコチャ

バンバの住民で既婚者であるフランシスコ・デ・エスコバル少尉を逮捕しました。この者は盗みを働くためにふたりのインディオを惨殺し、自宅敷地内の石切り場に埋めたのです。私は訴訟を取りまとめ、彼に死刑を宣告しました。彼は上訴しました。私は彼に上訴を認めました。その訴訟はラプラタ（現スクレ）の町の聴訴院に行き、結審となりました。八十五日後、彼は絞首刑となりました。

コチャバンバで任務がいったん完了すると、私はミスケ平原に移動し、任務を続けて、委託された仕事をすべて片付け、ラプラタに戻って数日間滞在しました。そこからラパスの町に移動して、数日間は穏やかに過ごしました。その後、その町で地方長官の従者との間で揉め事が起こったのです。我々は口喧嘩をし、挙句の果てに彼は私を嘘つき呼ばわりし、私の顔に帽子を投げつけました。私が短剣を抜いてひと突きすると、彼は自宅の戸口――まさにそこで諍いが起きたのですが――で倒れて死にました。教会が近くになかったので逃げ込むこともできず、私は捕らえられました。しかもその際、ひどい負傷をしました。監獄に入れられ、治療を施され、傷が癒えると、地方長官ドン・アントニオ・デ・バラサが私に死刑を宣告しました。そして上訴にもかかわらず、死刑執行を命じたのです。

翌日、私は聖体拝領のため、告解をしました。ミサは監獄内の礼拝堂で行われました。司祭は、自分自身が聖体拝領を終え、私が告解をすませると、聖体のパン《ホスチア》を手にして私のほうを振り向き、それを崇めたあと、私に授け、祭壇に向き直りました。私は口に入れた聖体のパンをすぐに吐き出し、拾い上げて、右の掌に載せ、大声で叫びました――「教会！　我が名は教会！」[7]その場は騒然とし、皆は私が異端者だと言いました。司祭は誰も私に近づくなと命じました。皆はひざまずき、私は手に聖体のパンを乗せたまま、「教会！　教会！」と叫び続けました。

ミサが終わると司祭が帰っていき、入れ替わりにドミニコ会士であるドン・フアン・デ・バルデラマ司教が入ってきて、あわせておおぜいの聖職者とポトシの鉱山長官も入ってきました。彼らはまばゆい明かりで私を照らし、頭上に天蓋を差し掛けました。その間私は腕を伸ばし、広げた掌に聖体のパンを載せたままです。行列を成して私を教会に連れて行き、聖所に着くと、全員ひざまずきました。私の手から聖体のパンを取り上げ、聖櫃に入れました。そして私の手をこすり、繰り返し洗って、聖体のパンを残らず拭い取ったのです。皆が去り、私はひとり教会内に残されました。この手口は、あるフランシスコ会の修道士が授けてくれたものです。彼は足しげく監獄を訪れ、私に有用な忠告を与えてくれたのでした。

私はその教会が警備兵たちによって包囲されたため、ひと月近くのあいだ堂内にいました。しまいにある夜、大司教様が――この方に神様のご加護がありますように――包囲をといてくれて、ラバ一頭に、金銭や必要な品々を与えてくれたので、私はクスコに向けて出発しました。その土地でもまた、かなり厄介な目に遭い、おかげで五か月、服役しました。というのも、クスコの有力者のひとりである地方長官ドン・ルイス・デ・ゴドイが死んだ場に、私が居合わせたと根も葉もない噂を立てられたのです。実際にはカランサが下手人です。ですが新たに地方長官の地位に就いたフェルナンド・デ・グスマンが私を逮捕しました。ついには神の思し召しにより真実が明らかとなって、私は無罪放免となりました。

私はリマに下っていきました。モンテスクラロス侯爵がペルー副王だった時代のことです。当時はオランダ人が戦艦八隻を率いてリマを攻撃し、リマの町全体が武装していました。私は旗艦に乗り込み、カリャオ港から五隻の戦艦と共に出港したその夜に出撃したのですが、我々の軍は、いちどは勝鬨を上げたにもかかわらず、結局は敗北してしまいました。味方の船が救援に駆けつけるのが遅れたため、旗艦が沈められてしまい、三人しか助かりませんでした。その三人とは、跣足フランシスコ会の修道士と兵士と私です。我々は泳いで敵の戦艦まで行き、引き上げられましたが、手ひどい扱いを受けました。あの夜、我々の軍は九百人が殺されました。

翌朝、艦隊の総司令官であるドン・ロドリゴ・デ・メンドサがカリャオ港に戻ってきました。軍は壊滅状態で、閲兵してみたところ九百名足りませんでした。私も死者の名簿に加えられました。私が敵に捕らえられていることを知らなかったのです。二十六日間、敵のもとにいて、てっきりオランダに移送されるものだと思っていましたが、私と仲間たちはパイタの海岸に降ろされました。知らない土地だったので大変な苦労をしました。そののち、その地の地方長官が衣類を与えてくれて、我々をそこから百レグアのリマに送り出してくれました。リマには七か月滞在しました。

後日のこと、ポトシである男から三百ペソで買った馬に乗っている時、とある通りにさしかかると、ひとりの警吏が近づいてきて、サンティアゴ騎士団員であるその町の判事ドン・フアン・

デ・エスピノサが呼んでいるから来るようにと言いました。何の用かと近づいてみると、そこには数人の兵士がいて、その馬は自分たちの物だ、その証拠はいくらでもあると述べ、大声で言いがかりをつけるのです。兵士や警吏たちが私を取り囲みました。判事は「この件をどうしたものだろう」と言いました。私は不意を突かれて、何と言ったらいいのかわからず、動揺し困惑していたので、はたから見れば、私が盗みを働いたかのように思えたことでしょう。そのとき突然あることを思いついて、着ていたマントを脱いで、それで馬の頭部を覆い、言いました――「判事様、これらの方たちに、この馬のどちらの目が不自由なのか、左目なのか右目なのかを言わせてください。これらの方たちは別の馬と取り違えているのかもしれませんから」。判事は言いました――「よかろう。そなたたち、この馬はどちらの目が不自由なのか、同時に言われよ」。彼らは困惑しました。判事は「そなたたち、同時に答えられよ」と言いました。ひとりが「左」と言い、もうひとりが「右、いや左です」。判事が「そなたたちの理屈は通っておらず、言うことが食い違っている」と言うと、ふたりはふたたび声を揃えて、「左です、左です、間違えたからといってたいしたことではありません」。そこで私は、「これでは証拠にはなりません。ひとりがこう言い、もうひとりがああ言うのですから」と言いました。ひとりが、「我々は同じことしか言っていません。左の目が不自由です。私はそう言おうとしたのですが、思わず言い間違えました。そのあとすぐに訂正して、左の目だと言っております」。私が、「判事様、私にどのようにお命じになりますか?」とたずねると、彼は「これ以上の盗みの証拠がないのなら、神のご加護のもと、旅を続けられよ」と言いました。そこで私はマントを取り、「ご覧ください、いずれの者も言い当ててはおりません。私の馬は片眼ではなく、両目ともしっかりしているのです」と言いました。判事は立ち上がり、ふたりを逮捕しました。私は自分の馬に乗り、立ち去りました。この件の結末については知りません。

第12章　クスコで新《ヌエボ》シッド(8)を殺すが、みずからも深手を負う。逃走し、自分を捕えようとした判事を殺す

私はクスコに戻りました。その町に落ち着いたある日のこと、少し早起きをしてミサに出ると、賭け事をしに出かけました。負けがこんでいるところへ、新《ヌエボ》シッドがやってきました。彼は私の金に手を出し、八レアル銀貨をひとつかみ取ると、出ていきました。彼は偉丈夫で、顔は日に焼け、毛深く、勇猛であることからシッドと呼ばれていました。その顔を見ただけでも人々が震えあがるほどでした。私は賭けを続けました。するとくだんの新《ヌエボ》シッドが戻ってきて、同じことをしたのです。すなわち彼は、手を突っ込み、私の金を取って、出ていきました。ほどなく、もう賭けが終わろうとする時に再度現れて、私の背後に立ちました。少しのあいだそこにいて、また金に手を出しました。私は彼が近づく気配を察して、短剣をつかみました。彼が金に手を出したので、短剣で彼の手を机に串刺しにしてやりました。

賭けをしていたのは皆、彼の友人や仕事仲間です。全員が私に飛びかかってきました。そして私に三か所、傷を負わせました。とっさに外に飛び出していなければ――というのも、私たちは階下にいたからですが――寄ってたかって私を八つ裂きにしていたことでしょう。表に出ると、まっさきに新《ヌエボ》シッドが剣を手にして私を追ってきました。門から出る際、私は彼にひと突き見舞いましたが、彼はしっかりと鎧で身を固めていたため、傷を負わせることはできませんでした。他の者たちも出てきて私に襲いかかり、私は窮地に陥りました。

有難いことにちょうどこの時、友人であるふたりのビスカヤ人が通りかかり、騒動を聞きつけてきて、それが私とわかると加勢してくれました。敵は五人で、我々は三人です。終始劣勢で、争いを止めてくれる人も現れないまま、じりじりと後退し、フランシスコ会の修道院に着くと、新《ヌエボ》シッドは背後から私の左肩に渾身の力で短剣を突き立てました。短剣は貫通し、肋骨のあいだから剣先が出てきました。さらに別の者が私に突きを見舞い、右の脇に剣の先が一掌尺のめり込みました。私は突き傷を六か所に受け、おびただしく出血して倒れました。新《ヌエボ》シッドは修道院の門に身をもたせかけました。私の味方もシッドの仲間も去り、私は地面に倒れたまま置き去りに

新《ヌエボ》シッドの手に短剣を刺す

なりました。

瀕死の状態で身を起こすと、閉ざされた修道院の門に身を寄せたシッドの姿が見えました。「おい、犬畜生、腰抜け、逃げる気か！」と言うと、彼は「おい、犬畜生、まだくたばらないのか」と言いながら寄って来て、私に襲いかかり、喉に剣を突き立てようとしました。それを短剣の切っ先でよけ、さらに剣で突いて反撃すると、幸運にも剣は鎧のすき間に刺さり、みぞおちを貫通し、背中から一掌尺ほど剣先が出るほどでした。彼は倒れ、告解を求めました。私も倒れました。騒動を聞きつけて何人かの修道士が出てきましたが、そのなかには修道院長もいました。私の知り合いです。彼は駆けつけてきて、私とわかると、神の赦免を得るため、私にかような危害を加えたものを赦すように、そして、告解をするようにと説きました。私は修道院長に、まずは危篤の男のほうに行ってやってくれと言いました。修道院長はそうしましたが、男はすでにこと切れていました。

そこへサンティアゴ騎士団の騎士である地方長官ドン・ペドロ・デ・コルドバ・メヒーアが駆けつけて、私を逮捕し連行しようとしましたが、私がこれほど重篤な状態であるのを見て取ると、「この者に告解させる以外にすべきことがあろうか？」と言いました。人々は死者の体から剣を抜こうとしましたが、抜くことができず、剣はふたつに折れてしまいました。

私はロペ・デ・サルセド財務官の家に運ばれました。当時私はそこに住んでいたのです。そしてベッドに寝かされましたが、医者たちは私が告解をしないうちは治療を始めようとしませんでした。というのも彼らが言うには、治療の最中に私が死んでしまうかもしれなかったからです。私は命が尽きていくのを感じ、話すことも困難になってきたので、告解を求めました。ルイス・フェレール・デ・バレンシア神父がやって来ました。立派なお人柄でたいそう学識のある方です。私は告解をし、自分が女性であると打ち明けました。彼は驚き、私を赦し、心の苦しみを和らげ、大勅書による赦免を授けてくれました。

続いて臨終の聖体拝領を授けてくれましたが、それを受けると、私は心と体にあらたな力が湧いてくるように感じました。それから治療が始まり、私は激痛を覚えて気絶し、十四時間のあいだ、意識もなく口もきけずにいました。そのあいだずっと、あの尊いフェレール神父様とそのふたりの仲間は私の枕元から離れず付き添ってくれました。どうか彼らに神の恵みがありますように。

私は聖ヨセフの加護にすがって意識を回復しました。最初の三日が過ぎ、それから五日が過ぎて、その間、外科医たちが治療を続けました。それが過ぎると、地方長官は私を逮捕し、牢獄に入れようとしました。それを察すると、皆は私をフランシスコ会修道院のマルティン・デ・アロステギ修道士の僧房に移しました。傷が癒えるまで四か月のあいだ、そこにいました。警吏たちは私を逮捕しようと監視の目を光らせていました。亡きシッドと親しかった者たちは、とりわけそうです。地方長官は、あらゆる港と街道に、私の人相に似た者が通るのを見かけたら逮捕するようにとの通達を出しました。

体調が回復すると、もうクスコに留まることはできないとわかっていたので、脱出を試みました。こうしてある日曜日、有力者で裕福な八人ないしは九人のビスカヤ人たちが私の脱出を決行しました。教会の中ですら、亡きシッドの友人たちが私の命を狙ってうろついているのを警戒したのです。ガスパル・デ・カラサ隊長は私に千五百ペソを持たせてくれました。ロペ・デ・サルセド財務官は三匹のラバと武器を、ドン・フランシスコ・デ・アミサガは鎖の首飾りと三人の奴隷を与えてくれました。いかなる事態にも対応できるよう、ビスカヤ人の友人ふたりが私に同伴してくれることとなりました。

我々は真夜中にクスコを出発しました。アピセリア橋に着いたところ、そこにクスコの司直と亡きシッドの友人八人がおり、私は見とがめられてしまいました。判事が「逮捕だ」と言い、私をつかまえようとしました。我々は巧みに戦いましたが、我らが五名に対し敵は九名、彼らは我々に対して優勢に立ち、全員が私を殺そうと襲いかかってきました。

我々は判事の片目に銃弾を的中させて殺しました。私は連れていた黒人ふたりを殺されました。敵はそのほかも大方は負傷しており、我々が火器を持っているのを見て取ると、離れていきました。それを見て私はラバに乗り、供をしてきてくれたふたりの友人に別れを告げました。橋を渡ってしまえばクスコの司法の管轄外になるからです。

アンダワイラスに到着しました。その地の地方長官は私を食事に招待してくれましたが、思うところ、これは私の身柄を確保しようという悪意あってのことでした。私は丁重に謝意を伝え、辞退しました。すると彼は道中のためにと、ワインの入った皮袋といくばくかの物をくれました。

第13章　ワンカベリカで逮捕されそうになる。警吏と黒人を殺す

私はそこを発ってワンカベリカの町に到着しました。そこではリマ聴訴院判事であるソロルサノ博士が、水銀鉱山にある小広場で鉱山長官ドン・ペドロ・オソレスの査問を行っていました。鞍を置いた乗用の馬が何頭かとソロルサノ博士の馬が一頭いて、インディオがその世話をしていました。

ペドロ・ファアレスという名の警吏が私を見とがめました。彼はこの職業の者が皆そうであるように悪辣なところがあり、肝が据わっています。彼は判事に言いました――「あそこにお探しの人物がいます」。判事は私を見て、内ポケットから一枚の紙を取り出して、言いました――「これが大変な騒ぎを引き起こしている張本人か？」と。ドン・ペドロ・オソレス鉱山長官が答えていわく――「逮捕してみれば、明らかになりましょう」。彼が私を仔細に眺めるので不安になりました。彼は前述の警吏とひとりの黒人に、逃げ道をふさいで私を逮捕せよと命じたので、両名は私に向かってきました。私はすぐに彼らに気づきました。彼らは近づいてきて、私の背後に回りました。黒人が私に飛びかかってきて、私のマントをつかみました。私はそれを振り払い、剣とピストルを取り出し、警吏を狙って撃ちました。弾はみぞおちに当たり、警吏は倒れました。黒人が私を追い詰めました。私が剣で突きをくらわせると、彼の心臓は真っ二つになったとみえて、倒れました。あまりに大勢の人が集まってくるので、私は判事の馬のところへ走り寄り、そ

の世話をしていたインディオを二、三発殴って、馬に飛び乗り、十四レグアのところにあるウアマンガ（現アヤクーチョ）に向かいました。

バルガス川に着くと、判事の命令で私を追ってきた三人の男に追いつかれました。私は止まり、彼らを先に行かせようとしました。彼らにどこへ行くのかとたずねたところ、私を逮捕しに来たのだとの答えです。私は彼らに言いました――「逮捕するつもりなら、私を殺すがよい」。私が馬を下りようとすると、彼らは「お待ちください、貴殿と剣を交えることはいささかも望んでおりません。むしろ、貴殿にお仕えしたいのです」と言うではありませんか。我々は和解し、彼らは私に食事をふるまいましたが、私は片時も武器を手放すことはありませんでした。そののち彼らと別れて、ウアマンガの町に着きました。町に入るとすぐ、旅の途中の兵士に馬を二百ペソで売り払いました。

それからほどなく、ある夜カードゲームをしていると、地方長官のドン・バルタサル・デ・キニョネスがやってきて、私に出身地をたずねるので、ビスカヤの人間だと答えました。「では、どこからこちらへ来たのか」と訊くので、「クスコからです」と答えたところ、少しのあいだ私をじっと見たあと、「逮捕だ」と言いました。私は、望むところだと答え、剣に手をかけました。彼は「加勢を頼む！」と大声を上げました。外へ出る扉のところまで行きましたが、行く手を阻まれ、脱出することができません。三銃身のピストルを取り出し、彼らのほうを向けましたが、それでも道をあけてもらえません。威嚇射撃をし、ようやく脱出することができました。外でも人々に取り囲まれましたが、しっかり武装していたので攻撃されることはありませんでした。だがマントと帽子を失くし、走って逃げなければなりませんでした。こうして私は彼らから逃れたのです。地方長官は、私が宿に置いておいたラバと身の回りの品を差し押さえました。彼は帰り道、司教を見かけ、一連の出来事を話しました。そして、彼が述べた人相から、司教は私がお尋ね者だと気づいたのです。

第14章　ウアマンガ（現アヤクーチョ）で司直の手から逃れる。ひとりの警吏を殺す。窮地に陥り、女であることを司教に明かす

司直の手から逃れ、私に何かと良くしてくれたある友人の家にたどり着くや、その事件について話をし、衣類を差し押さえられたかどうか確認するため宿に戻るつもりだと告げました。彼は反対し、代わりに自分が行こうと言いました。私が自分で行くと決めると、彼は私にマントと帽子をくれました。こうして出発しました。

ちょうど司教と地方長官が私のことを話しているところに行き合いました。ふたりの警吏が私に気づき、こちらへやって来て、「何者だ?」と尋ねるので、「怪しい者ではない」と答えました。名を名乗れと言われたので、「悪魔だ」と答えました。あたりは大騒ぎになり、地方長官が出てきました。大勢に攻めかかられたのでピストルを発砲したところ、ひとりの胸に命中し、その者

は倒れました。司教猊下が人々を従えて出てきました。私の側には八名から十名のビスカヤ人がいました。私にマントをくれた友人の要請で加勢してくれたのです。おかげで心強く、我々は司直にひと泡吹かせてやりました。銃弾が飛び交い、流血の騒ぎとなりました。地方長官は私を殺せと叫んでいました。

司教様が仲裁に入りました。秘書官のフアン・バプティスタ・デ・アルテアガが私を指差すと、司教様は私にむかって、「少尉殿、武器をこちらへ渡しなさい。我が財産すべてと引き換えにでも、あなたを釈放することを約束するから」と言いました。私は絶体絶命の状況で、地方長官が容赦ないこともわかっていたので、こう答えました　――「猊下、教会の中であれば、その気高いおみ足のもとに銃を置きましょう」と。司教様はふたたび同じ言葉を繰り返しました。ちょうどその時、地方長官の奴隷四名が私に斬りかかり、激しく攻めるので、そのうちの一名を殺さねばなりませんでした。

司教様の秘書官が剣と盾を手にして私の傍らに構えると、司教様と供の者たちの存在によって、乱闘がいささか鎮まりました。秘書官は、武器を差し出すように、司教猊下が私の身の安全は保障するから、と繰り返します。ですが私は、武器を手放せば殺されてしまうと答えました。この時、司教館から大勢の人が武器を手に出てきて、私を囲みました。司教様は供を連れて人ごみの中に分け入り、再度私に武器を渡すようにと言いました。私は武器を差し出しました。司教様は私の手を取り、耳を寄せて小声で、私が女性なのかとたずねました。そうです、と答えました。修道女かとたずねました。そうです、と答えました。ですがこれは、窮地から抜け出すためについた嘘でした。

司教猊下は私を司教館に連れて行きました。軽い怪我の手当と夕食の手配をしてくれました。あくまでも私の逮捕を主張する地方長官との間で激しい口論となりましたが、司教様はその地位にある者の務めとして私を保護してくれました。その夜、司教様は私の部屋に外から鍵をかけました。私は寝ました。

翌朝十時、私は司教猊下の前に連れていかれました。正式な手順にのっとり、私が何者で、どこの出身で、親は誰なのかをきかれました。順に答えていきました。猊下は私を脇に呼び寄せ、本当に修道女なのかどうか、また、修道院を出た理由と経緯についてたずねました。質問に答えました。このことについて猊下は納得がいかなかったため、何度もおたずねになりました。そして、信頼するがよい、だから真実を話しなさいと繰り返しました。そこで私は「猊下、お話ししたことがすべてです。よろしければ信用のおける人たちに私を診るようお命じください。私は処女ですから」と述べました。彼はしばらく考えたあとで、「そなたがあとで気まずくなるようなこと

司教への告白

は望まぬ」と言いましたが、私は「心配無用、間違いはありません」と答えました。猊下は立ち去り際、祈禱室の扉にみずから鍵を掛け、鍵を持ち去りました。私はそこに残り、眠りました。

午後四時頃、司教様みずから扉を開けて入ってきました。続いて産婆がふたりと医師がひとり、外科医がふたり、入ってきました。司教様は皆に、法にのっとって職務を果たすよう、さもなければ破門だと告げ、自分は外に出て扉を閉めました。私は衣服を脱ぎました。彼らは私を調べ、たしかに私が処女であると納得しました。少しして、彼らが内側から扉を叩くと、司教様が開けました。そして全員、真実を述べると誓った上で、調べた結果を報告し、私が生まれた時のまま処女であると明言しました。猊下は心を動かされた様子で、皆の前で私に歩み寄り、抱擁し、言いました――「そなたが述べたことのすべてを信じよう」。私はうやうやしくひざまずき、猊下の手に口づけをしました。

第15章　カタリーナは司教によってサンタ・クララ修道院に預けられ、そこからリマのサン・ベルナルド修道院へと移る。そしてスペインに帰国する

この出来事は町全体の知るところとなり、私をひとめ見ようとする人波が途絶えることはありませんでした。六日後、司教様は私の身柄をウアマンガ（現アヤクーチョ）のサンタ・クララ修道院に預けました。無数の人々の前で、誓願をした修道女の服をまとった私を修道院長にゆだね、

修道院の正門まで行列をなして連れて行きました。修道院の人々が全員ろうそくをともして出迎えに出てきました。いつなんどきであろうと、猊下あるいはその後継者の要請がある時には、修道院側は私を引き渡すべしという誓約書が作成され、修道院長と院長補佐らが署名しました。司教様は私をやさしく抱擁し、私は修道院に入りました。猊下は告解室に行き、私もそこへ連れていかれました。そして、できる限り世間からは遠ざかって、良きキリスト教徒となり、神にお慈悲を乞い、きちんと告解をするようにと、有難い言葉と教えを授けてくださいました。私は言われたとおりにし、できる限り自分の人生と行いを振り返り、猊下に告解をしました。私の真の姿を知らなかった人々の驚きたるや、読者の皆様のご賢察におまかせしましょう。かような出来事の知らせに、インディアス全土が沸き立ちました。

　五か月後、私の慕う司教様が亡くなられ、たいそう悲しい思いをしました。リマの大司教ドン・バルトロメ・ロボ・ゲレロ師がウアマンガに私を迎えによこし、修道女たちに私を引き渡すようにと命じました。修道女たちはひどく悲しみ、私が去る日には涙を流しました。司祭六名、修道士四名と剣を携えた男が八名、私を輿に乗せて行きました。

　リマに到着したのは夜でしたが、人垣で進むことができませんでした。私は大司教の館で降ろされ、その夜はそこに泊まりました。翌朝、副王宮殿に連れていかれ、副王であるエスキラチェ大公と面会しました。その日は大公の家で食事をし、夜に大司教の館に戻りました。猊下は、私がどの修道院に入りたいのか考えておくようにとおっしゃったので、すべての修道院に入って見学する許しを求めたところ、認められました。すべての修道院を見学し、それぞれの場所で四日から五日、滞在しました。最終的にはサン・ベルナルド女子修道院に落ち着くことにしました。そこで二年半のあいだ暮らしたところで、スペインから書類が届き、私は誓願をすませた修道女でないことが証明されたのです。

それにより私は、修道女たち全員の願いに反して修道院を出て、スペインへの帰途につきました。ウアマンガの町に行き、最初に世話になった修道院の修道女たちに別れを告げたところ、八日間、引き止められ、たいそうなもてなしを受けました。そののち旅を続けました。

新グラナダ王国のボゴタの町に着くと、大司教様はその地に留まりなさい、自分の属する修道会の修道院に入ればよかろうと説きましたが、私は修道会に属する者ではないと答えて、暇乞いをしました。総距離九百六十レグアに及ぶ旅をしてカルタヘナの町に着きましたが、ウアマンガからボゴタまでの旅はかつてないほど快適なものでした。ボゴタからマグダレナ川を下り、サラゴサへ着きましたが、三日目に病にかかりました。その土地が世界でもっともひどい場所だからです。私はあやうく命を落とすところでした。しかし医者の判断により、船に乗って、川を下り、やがて体調も恢復しました。

テネリフェに行き、四、五日、滞在しました。そこで船に乗ってカルタヘナまで行き、トマス・デ・ララスプル将軍自身の乗るガレオン船でスペインへと向かいました。その船でまことに快適に過ごしました。将軍はみずからの食卓に招いてくれましたが、バハマ海峡から二百レグア沖まで来た時点で、そのガレオン船で賭け事を巡って喧嘩になってしまい、相手の顔に切りつけるやら殴打するやらの事態になりました。そのため将軍は、私が報復に遭うことを怖れて、私に旗艦に行くよう命じました。旗艦の提督は私の同郷人でしたから、私にもよかろうということだったのです。だが私は旗艦に移れという命令には従わず、通信船サン・テルモ号に乗り込みました。将軍を困らせるために、わざとこうしたのです。

サン・テルモ号でスペインに着きましたが、大変な目に遭いました。というのも船が浸水して、あわや溺れ死ぬところだったからです。カディスで下船し、海軍大将ドン・ファドリケ・デ・トレドのもとで八日間過ごしました。彼は私をたいそう歓待してくれました。たまたまその指揮下には私の兄弟がふたりいました。その後ドン・ファドリケは私の兄弟に目をかけてくれて、ひとりを少尉に、もうひとりを側近に取り立てました。

私はそこからセビーリャに行き、その町に十五日間いましたが、男装の私を見ようと押しかける人々からいつも身を隠していました。セビーリャからマドリードに行きました。その地で二十日間、人前に姿を現さずにいましたが、司教代理の命令で捕らえられてしまいました。ですがすぐにオリバーレス伯爵が釈放してくれました。その後、ハビエル伯爵の供をして旅に出て、二か月間パンプローナで彼に仕えました。

それから私はローマに向かいました。一六二五年はカトリック教会の定める聖年だったのです。フランスを通過していきましたが、なかなかに苦労しました。というのもスペイン国王のスパイだという嫌疑をかけられてピアモンテで逮捕され、トリノに連行されて、有り金すべてを取り上げられたのです。五十日後に釈放されましたが、旅を続けることは許されず、スペインに戻るよう命じられました。そのとおりにせざるを得ませんでしたが、なにしろ有り金すべてを取り上げられたので、ひどく苦労して徒歩で帰りました。フランスのトゥールーズに到着した時、ポーの副王でバイヨンヌの知事であったアグラモンテ伯爵が、スペインから預かった手紙をいきがけにお渡ししておいたおかげで、たいへん親切にしてくれました。私を大いにもてなし、道中のために百エスクードと馬一頭をくれました。

スペインへの帰国

第16章　フランスからスペインに戻る。ローマに行く。ジェノヴァでイタリア人をひとり殺す。ローマでは貴族院や枢機卿たちがカタリーナを歓迎する

アグラモンテ伯爵のおかげで体裁を整えて首都に帰り着き、国王陛下に謁見し、これまでの働きに応じて報酬をいただきたいと申し上げました。この請願はインディアス枢機会議に送られ、書類が検討された結果、願い出たとおり、二世代にわたり八百ドゥカードの年金が認められました。国王陛下がアラゴンの議会のために首都を離れたあと、私は旅に出ました。首都に滞在している間、いくつか思わぬ出来事もありましたが、些末なことですので省きます。聖木曜日の午後、リェイダで食事をした後、バルセロナに向かいました。午後四時頃、リェイダとベイプッチ間で、私と同行の者三名の前に九名の追剝が現れて、我々は身ぐるみ剝がれ、一文無しになってしまいました。

聖土曜日、金もなく運にも見放されてバルセロナ市中に入りました。国王はすでにバルセロナにお着きでした。モンテスクラロス侯爵が私に気づき、呼びよせ、どうしたかとおたずねになるので、降りかかった災難について話すと、国王陛下に直接話をできるように取り計らってくださいました。陛下の前に進むと、陛下は強奪の詳細についておたずねになりました。私が「陛下、いかんともなりませんでした」と答えると、「賊は何名だった」とおたずねになるので、「九名にございます」と答えました。陛下は請願書をお受け取りになり、取り計ろうとおっしゃり、実際

そのとおりにして下さったのです。乗船の手配をし、帰休中の少尉に与えられる糧食の四日分と一時金三百ドゥカードを下さいました。

私はガレオン船サンタ・マリア・ラ・ヌエバ・デ・シシリア号に乗船しました。ジェノヴァに着き、十五日間滞在しました。その地である朝のこと、早起きをしてサンティアゴ騎士団員である、総監察官ペドロ・デ・チャバリアに会いに行きました。しかしまだ早朝で彼が寝ていたため、私はドーリア大公の屋敷の前に戻り、門のところに腰かけました。そこに紫色の上質な布の服を着て大きなかつらをつけたイタリア人兵士がやって来て、隣に座り、私がスペイン人かとたずねるのです。私はそうだと言いました。すると彼はお国比べを始めました。いわく、スペイン人は尊大で傲慢、しかも大きなことを言う割には腰抜けだと。私は穏やかに、それは違うと反論し、スペイン人はいかなる危険にも立ち向かう気概があると言いました。イタリア人兵士は自説を繰り返して祖国を褒めそやし、私の国を無礼な言葉でけなし、侮辱しました。私は立ち上がりざま、もう二度とそのような口をきかないでもらいたい、もっともしがないスペイン人ですら、もっともすぐれたイタリア人よりまさっているのだから、と言いました。本気でそんなことを思っているのかと訊くので、そうだ、何度でも「そうだ」と答えようと言いました。すると彼は「では今すぐに」と言い、私は「よかろう」と応じました。ドーリア大公邸の向かいにある貯水槽の裏に回り、そこから人目につかない場所へと移動しました。

男は素早く剣を抜き、私も剣を抜き、争いとなりました。すぐに激しい戦いとなりましたが、その時、敵の仲間がひとりやってきて、敵のもとに駆け寄りました。敵のふたりは斬りつけてきましたが、私の得意技は突きです。片方のイタリア人に突きを食らわせると倒れたので、もうひとりの方に攻めかかりました。ジェノヴァ人が数名、駆けつけてきましたが、見物のためであって、仲裁のためではありません。それに皆、丸腰でした。足の悪い軍隊長がひとり駆けつけ、イタリア人を加勢して、私を追い詰めました。スペイン人が数名、私の加勢に駆けつけ、敵を押し返していきました。ここで私は卑劣な真似をしてしまいました。大騒動になったのを見ると、宿に戻り、争いがどう決着したのかを確かめなかったのです。私は手に受けた軽い負傷の手当をしました。

あとで総監察官ならびにサンタ・クルス侯爵とその奥様に呼ばれました。彼らはどのようにしてか、この出来事を聞き及んでおり、私に詳細をたずねました。我が身に起きた事を語ると、その語り方が上手いというので、お気に召したようでした。そして私に、彼らの家から出ないようにと言うので、そこに少しのあいだ留まりました。

私はローマに向けて出発し、教皇聖下のおみ足に口づけし、お願いしたところ、良心の呵責なしに男性の装いをしてよいと認めてくださいました。ローマにはひと月半滞在しました。ある金曜日にはローマの貴族院から招待され、素晴らしい饗応を受け、ローマ市民の資格を授けられました。

聖ペテロの日、私はサン・ピエトロ礼拝堂に通されました。そこでは枢機卿たちがその日に行うならわしの儀式を執り行っていました。午後になって、マガロン枢機卿ほか二名といる時、ひとりが私に、スペイン人でさえなければ申し分ないのにと言うので、私は、自分にとってはスペイン人であることにまさることはありませんと答えました。ローマからドン・マルティン・デ・サアベドラと共にナポリへと向かいました。テベレ川のリパ・グランデ港から船に乗ったのです。

ある日、ナポリ港の埠頭を歩いていると、灯台の近くで二人の女が二人の男と話をしていました。女のうちのひとりがふざけた口調で言いました——「カタリーナの奥様、どちらへいらっしゃるの?」私は「奥様などと、ご立派な売女のような嘘をつくな。そちらの男どもも、文句があるなら受けて立ってやる」と言い返し、剣と短剣を抜き、男たちに向かっていき、剣の刃で叩いてやったところ、走って逃げていきました。そして女たちに向き直り、平手打ちと蹴りを何発も食らわせました。彼女たちの顔に斬りつけてやりたい衝動に駆られました。

(終わり)

*訳文に付した挿絵は、ジョゼ＝マリヤ・ド・エレディヤ訳によるフランス語版(一八九四年)に掲載されたもので、ダニエル・ヴィエルジュの筆による(詳しくは第Ⅱ部第6章を参照)。

「自伝」成立の経緯(9)

エラウソの「自伝」はここで終わっている。あまりに唐突だと、誰もが思うだろう。「自伝」の成立過程とこうした唐突な終わり方には関係があると思われるので、まずはエラウソを巡る各種のテクストと「自伝」の成立過程について述べることとする。

カタリーナ・デ・エラウソの生涯の一部が記された最初の文献は、一六一七年のものだ。司直の手が迫ったエラウソは窮地から逃れるため、ペルーのウアマンガ(現アヤクーチョ)の司教に対して、実は自分は女性である、しかも誓願をした修道女であり、処女であると述べる(実際には誓願をする前に修道院から逃げ出したので、誓願した修道女というのはエラウソ自身も「自伝」で述べるとおり、その場逃れの方便であって真実ではない)。この告白は公式な調書としての書式にのっとって作成された文書で、三人称で記されている(ただし原本は残っていない)。「自伝」にも書かれているように、エラウソの数奇な半生は現地でたちまち知れ渡り、大きな話題となる。時の人となったエラウソの調書は筆写されて流出し、祖国スペインにもたらされ、翌年にはそれをもとにした印刷物がセビーリャで出版された。

エラウソは新大陸から一六二四年に帰国する。祖国においても、この人物についての噂はすでに広まっており、はやくも翌二五年には、出生から帰国までの半生についてつづった「報告」の第一部と第二部が読物としてマドリードとセビーリャで複数ヴァージョン出版される(第Ⅱ部第4章を参照)。これらは三人称で書かれており、スペインへ帰国する船上でエラウソ自身が語った内容も取り入れられていた。さらに二六年には、この人物を主人公とした戯曲も創作される（第II部第4章・第5章を参照）。これらのことからわかるように、エラウソという人物は同時代の人々の並々ならぬ興味と関心をかきたてたのだった。祖国でエラウソは、新大陸での戦功を認めるよう国王フェリーペ四世に願い出た結果、報償として年金の受給が認められる。二六年にはイタリアへ赴き、バチカンでローマ教皇に面会し、さらにローマからナポリへも足をのばした。

　エラウソは一六三〇年にふたたびスペインから新大陸に渡る。目的地は当時のヌエバ・エスパーニャ、すなわちメキシコだ。メキシコ渡航後についてはのちに述べることにして、ナポリで中断されてしまった「自伝」の話を続けよう。

生誕の地サン・セバスティアンにある記念碑

　ここに訳出した「自伝」手稿Aは、エラウソの死から数十年が経過した十七世紀末、当時新大陸との往来の拠点となっていたセビーリャで、いかなる理由によってかエラウソに興味を持つようになった人物（以後、匿名編者とする）によって書き写されたテクストである。匿名編者は、手稿Aに加筆して手稿Bと手稿Cも残した。手稿Bは、手稿Aの三分の二ほどのところで中断されて終わっているが、手稿Cは手稿Aと同じナポリの場面で終わっている。ただし手稿Aとは異なり、手稿Cの末尾には、匿名編者による「追記」がある。この「追記」冒頭の一文が、テクスト成立の過程を明らかにする手がかりとなるだろう。そこにはこう記されている──「セビーリャ通商院警吏長のドン・ドミンゴ・デ・ウルビス隊長が見せてくださった手記と、参事会員ドン・バルトロメ・ペレス・ナバーロが見せてくださった一六二五年刊行の印刷物には、ここ（訳注　ナポリの場面）から先の記述はない」

エラウソがナポリにいたのは、一六二六年七月のことだ。そこで次のように推測することができる。すなわち、匿名編者はまずセビーリャ通商院の警吏長であるウルビス隊長が保管していた手記を、おそらくは忠実に書き写した。これが手稿Aで、先にも述べたように、エラウソの「自伝」の源流である。残念ながら、ウルビス隊長の所有していた手記そのものは残っていない。ウルビス隊長の手もとにあった手記の正体は何だったのだろう？　第三者が一人称の回想形式でエラウソの半生をつづったものなのか？　もしくは、エラウソが口述した「自伝」を書き留めた原稿だったのかもしれない。いや、エラウソ自身が書いた「自伝」の原稿だったという可能性も否定はできない。いずれにせよ、「自伝」の手稿Aのもととなった手記は一六二六年のエラウソのナポリ滞在時からそれほど時を経ずして書かれ、なんらかの理由によって、中途半端な形で終わってしまったと推測される。

「自伝」の匿名編者は、知的探求心にあふれる人物だったようだ。彼はウルビス隊長所有の手記を書き写した手稿Aだけでは飽き足らなかった。引き続いてセビーリャ市参事会員であったペレス・ナバーロが所有していた印刷物（前述の一六二五年出版の読物形式の「報告」）を参照し、そこから得られる情報を書き加えていく。こうしてたとえば、手稿Aの八章にあたる箇所が大幅に加筆され、手稿Cには、エラウソがポトシからインディオの住む村々を征服するための遠征隊に加わり、インディオの大軍相手に戦った壮絶なエピソードなどが追加された。さらに匿名編者は話の展開や言い回しにも多少手を加え、必要であれば修正を施し、最終的に手稿Cを完成させた。この手稿Cこそが一八二九年にパリで印刷出版されることとなり、それ以降、国境を越えて広く流布していくことになるのだが、それについては第II部第6章で扱う。

カタリーナ・デ・エラウソのその後

手稿Cの「追記」では、冒頭の一文に続いて、ナポリ以降のエラウソの足取りが断片的に記されている。十七世紀末のセビーリャには、匿名編者のほかにもエラウソの生涯に興味を持ち、調査をした人物が複数いたらしい。匿名編者はそうした人物からもたらされた情報をもとにして、「追記」を書いた。

まず一六三〇年、ヌエバ・エスパーニャ（現メキシコ）に向かう艦隊の乗船名簿にエラウソの名前がある。エラウソは祖国を後にして、ふたたび新大陸へと渡ったのだ。

次なる目撃談は一六四五年のメキシコだ。スペインからの海上輸送の船が着くメキシコ東岸の港町ベラクルスで、ある修道士がこの人物を見かけ、言葉もかわしたという。アントニオ・デ・エラウソと男性名を名乗り、黒人の使用人たちを率いて、ベラクルス港で荷揚げされた布地をラバに積み、メキシコシティに輸送するのを生業としていた。豪胆な人物との評判で、銀の装飾を施した剣と短刀を持ち、見たところ五十歳前後、恰幅が良く、日に焼けていたという。

「追記」にはさらに、イタリア人ピエトロ・デッラ・ヴァッレ(一五八六〜一六五二年)が一六二六年六月、ローマでエラウソに会った際の記述も掲載されている。デッラ・ヴァッレは、イタリアの作曲家で、インドや中近東、北アフリカへの旅行記でも知られる。『旅行記』第三巻の記述によれば、デッラ・ヴァッレは以前、インドを旅行していた頃からエラウソの噂を聞いていたので、直接会ってみたいと思い、ローマに到着したばかりのエラウソを自宅に招いたという。そこでエラウソがみずからの人生について語ったことは、細部や表現が異なることがあるとはいえ、訳出した「自伝」の内容とほぼ重なる。注目すべきは、「自伝」に記載のない話題として、エラウソが男性に見えるようにみずからの肉体を変えた方法を具体的に述べていることだろう。胸が大きくならないよう、若い時分からある特殊な軟膏を胸に塗ったという。すると、最初は痛みを伴ったものの、そのあとは苦痛もなく、効果が現れたというのだ。ピエトロ・デッラ・ヴァッレは、エラウソは女性というよりは去勢した男性のように見えたとも述べている。

匿名編者による手稿Cの「追記」の内容は以上だ。つまり、一六四五年にメキシコで運搬業に携わっていたというのが、匿名編者の知りえた、エラウソに関する最後の情報ということになる。

では、エラウソはいつ、どのように生涯を終えたのか。それは一六五三年にメキシコで出版された「報告」、すなわち前述の第一、第二の「報告」に続く、第三にして最後の「報告」で知ることができる（手稿A~Cの匿名編者はこの記録の存在を知らず、従って、エラウソの没した年やその詳細についても知らなかったに違いない）。それによればエラウソは、一六五〇年、運搬業でベラクルス港とメキシコシティを行き来する旅の途中、ベラクルス州のオリサバという土地のあたりで病に倒れて亡くなった。その土地の有力者をはじめ多くの人々が葬儀に参列し、この人物の死を悼んだと言う。現在、オリサバにはカタリーナ・デ・エラウソの記念碑が建てられている。

（訳・解説　坂田幸子）

終焉の地オリサバにある記念碑

注

（1）翻訳に使用する版はカスタリア古典叢書として二〇二一年に出版されたものである（Catalina de Erauso, *Vida y sucesos de la Monja Alférez*, Edición, introducción y notas de Miguel Martínez, Clásicos Castalia, Barcelona: Castalia, 2021）。

（2）エラウソの生年は、一五八五年という説もあるが、エラウソの故郷の教会で発見された洗礼証明書には一五九二年との記載があり、現在では一五九二年説が有力である。ただ、「伝記」で述べられる時間の経過には矛盾も多く、その生涯の詳細についてはいまだに不明な点が多い。

（3）バルディビア（港）はコンセプシオンの南方四百三十キロにある。カタリーナ・デ・エラウソはこののちバルディビアからトゥクマンに行くが、そのためには、ふたたび北上して長距離を移動する必要がある。バルディビアとあるのは、エラウソの記憶違いか。

（4）この章の見出しには「七回、吊り落としの刑を受ける」とあるが、ここでは「八回、吊り落としの刑を執行した」とある。

（5）エラウソのこの発言は、賭けの相手に二本の角があることをほのめかす。「角の生えた」とは、「配偶者に浮気された（人）、妻を寝取られた（夫）」を意味する侮辱的な表現。

（6）テクスト原文にはピスコバンバとあるが、翻訳に使用したカスタリア古典叢書の版ではこの箇所に注があり、ピスコバンバはコチャバンバの間違いとあるので、これに従い、訳文ではコチャバンバと訂正した。同様に、この章の見出しならびに第十一章の最初の段落も、文脈から判断して、ピスコバンバをコチャバンバと訂正した。

（7）教会や修道院は司法の手の及ばない聖域だったので、犯罪者は逮捕を逃れて庇護を求めるため、しばしばこれらの場所に逃げ込んだ（第Ⅱ部第1章を参照のこと）。エラウソは再三にわたってこの手を使っている。ここでエラウソが口にする「我が名は教会」は、犯罪者が教会に逃げ込み、庇護を受ける権利を主張する際に発した決まり文句である。またエラウソは、キリストの体を象徴する聖体のパンを吐き出すが、これはたいへん冒瀆的な行為である。そのため聖職者たちは、穢された聖体のパンを清めるためにエラウソを近くの教会へと導くが、これこそエラウソの狙いどおりであり、これによって教会内に留まり、逮捕を逃れてほとぼりが冷めるのを待つことができた。

（8）シッド（本名ロドリゴ・ディアス・デ・ビバール）は、十一世紀後半、イベリア半島でイスラーム教徒相手の国土回復戦争が行われていた時代に活躍した武将で、その武勲を謳った叙事詩『わがシッドの歌』はスペインの国民文学である。シッドの名は、ここでは勇猛な人物のたとえとして用いられている。

（9）「自伝成立の経緯」ならびに「カタリーナ・デ・エラウソのその後」については、主に、シカゴ大学の教授で、翻訳に使用した版の編者であるミゲル・マルティネスの研究による。

第Ⅱ部

第1章

カタリーナ・デ・エラウソの「自伝」に見る十七世紀前半の南米スペイン領植民地

América del Sur en el tiempo de Catalina de Erauso: un bosquejo a través de su «autobiografía»

横山和加子
Wakako Yokoyama

はじめに

カタリーナ・デ・エラウソが一人称で語る『尼僧少尉の生涯と事蹟』（以降「自伝」）の中には印象的なエピソードが連ねられている。それは、確実な後ろ盾をもたない少女の年頃の女性が（兄がチリで官職についていることは知っていたが）、たった一人で、自らを男性と称して南米へ渡り、およそ二十年の後、勇敢な兵士としての手柄を携え、かつ、女性であることが知れ渡り、純潔を守り通した処女としてひとびとから賞賛されて祖国に戻るまでを記している。

エラウソは決して無学の流れ者ではなかった。スペイン語（カスティーリャ語）の読み書きだけでなく、ラテン語を理解する素養を備え、行く先々でスペイン人社会の上層部にいとも容易に受け入れられ、その庇護を受けた。にもかかわらず、繰り返し刃傷沙汰を起こし、司法当局から追跡されてその土地を後にする。結果として、南米大陸を南北に貫く長大なアンデス山脈の山麓を踏破することとなった。

この物語には誇張され荒唐無稽と思われる出来事が少なからず含まれており、第Ⅰ部の説明にもあるように、括弧つきの自伝とみなされている。本章では、エラウソの流転を植民地のスペイン人社会の成り立ちに照らし、かつ、この人物が実生活の中で残したさまざまな公的文書も参照して、「自伝」の中に、十七世紀前半の南米スペイン領植民地の実像が描き出されていることを指摘しつつ、物語の真実の部分を削りだしてみたい。

1　インディアスへ

十七世紀初頭、修道院を脱出したエラウソがセビーリャへ向かい、さらにアメリカ大陸へ渡る決断をしたのには、このときまでに、新大陸との交易を通じてそのような人と物の流れが出来上がっていたという背景があった。一四九二年の新大陸「発見」とそれに続く征服により、スペインはアメリカ大陸に領土を広げる。この新領土をスペイン人は「インディアス」と呼んだ。当時スペインのカスティーリャ王国を統治していた女王イサベルがコロンブスの航海を後援したことから、新大陸征服はカスティーリャ王国の専有事業となり、獲得された領土はカスティーリャ王

国に統合された。(1)

まもなく、南部の都市セビーリャには通商院が設置され、インディアスとの人と物の往来を統括した。セビーリャはインディアスへの玄関口として急速に発展した。インディアスへの渡航を通商院から正式に認められたのは、カスティーリャ王国出身の古くからのキリスト教徒のみだったが、実際にはさまざまな形でそのほかの地域、宗教の人々も渡航した。レコンキスタが終結してあぶれた兵士、食い詰めた農民などが一攫千金を夢見て、あるいは聖職者や植民地官僚などが職務につくために、インディアスへ渡って行った。黒人も奴隷として送られた。船はセビーリャの南、サンルカルの港から出航した。

十六世紀半ばのインディアスでは、現ボリビアのポトシで一五四五年、現メキシコのサカテカスで一五四六年など、埋蔵量の極めて大きい銀山が次々と発見された。ところが、新大陸から銀を積んで戻るスペイン船は、当時スペインとの戦争を激化させていたフランスや、海上覇権をめぐりスペインと対立していたイギリスなどが奨励する私拿捕船の襲撃を度々うけた。いわゆる「カリブの海賊」である。そのため十六世紀半ば、スペイン海軍の艦隊《アルマーダ》に護衛された商船が集団で航海する「フロタ船団」が組織され、新大陸との貿易を一手に担うようになる。重商主義の独占貿易である。これを扱ったのは王権と結びついた大商人たちであった。

エラウソの時代、フロタ船団はヌエバ・エスパーニャ行きとティエラ・フィルメ行きがそれぞれ年に一度、あわせて年二回組織され、前者が三月(～五月)、後者が八月にインディアスへ向けて出航した。ヌエバ・エスパーニャは現在のメキシコに相当する地域で、メキシコ東岸にあるベラクルス港が船団の終着点であった。ティエラ・フィルメとは南米大陸のカリブ海に面した地域のことで、中心となる港はカルタヘナ（現コロンビア）、終着の港はノンブレ・デ・ディオス（後にポルトベロ、いずれも現パナマ）であった。

スペインは十七世紀初頭、独立を求めるオランダとも戦火を交えていた。エラウソがセビーリャで乗船した艦隊は、現在のベネズエラのアラヤ半島に要塞を築いた敵と一戦を交える使命を帯びて出航したが（『自伝』第2章）、このエピソードは、当時のカリブ海の緊張した状況を反映している。戦の場はカリブ海にとどまらず、イギリスやオランダの戦艦は南米大陸最南端のマゼラン海峡を越え太平洋岸の都市も攻撃した。『自伝』にはペルー副王領（後述）の首都リマがオランダの戦艦の砲撃を受けた際の海戦の場にエラウソも居合わせたことが記されている（『自伝』第11章）。

インディアスへの正式な渡航者はみなフロタ船団を利用したが、通商院の許可を持たない者が渡航する方法のひとつが水夫になることであった。エラウソが一六〇三年もしくは一六〇五年に見習い水夫として乗船したのも、ティエラ・フィルメ行きのフロタ船団に同行する艦隊だったと思われる。というのも、カルタヘナに到着後、船はさらにカリブ海を北上し、ノンブレ・デ・ディオスに寄港し、銀の積み込みを行ったからである（『自伝』第2章）。この港は、パナマ地峡を河川と陸路で横断して太平洋岸のパナマ市と結ばれており、そこからさらにペルー北部の主要港トルヒーリョ、副王領首都リマ（カリャオ港）、ポトシの銀の積出港アリカ、チリのサンティアゴの最寄り港バルパライソやさらに南のコンセプシオンなど、太平洋側の重要な港を結ぶ海上交易のルートへとつながっていた。フロタ船団はノンブレ・デ・ディオスでペルーへの積み荷を下ろし、ポトシの銀を積み込んでスペインへの帰途につくのである。熱帯低地の不健康な気候がスペイン人を苦しめ、多くの死者が出るのを横目に、エラウソは船団を離れパナマ市へ向かった（「自伝」第2章）。ちなみに、行きは別々に出発するふたつのフロタ船団は、帰りはキューバ島のハバナで合流し、ハリケーンシーズンを避けて四月に一緒に帰途につくよう定められていた。一六二四年、ペルーから祖国へ戻るエラウソは、アンデス山麓の快適な低緯度高地をボゴタ（現コロンビア）へ向かい、そこから熱帯低地へ向けて船で川を下りカルタヘナへ出てフロタ船団に乗船した（「自伝」第15章）。このときは、さしものエラウソも高温多湿の気候の中で病に倒れた。

アメリカ大陸スペイン領の陸上交通網としては、主要街道として「王の道」が整備されていた。ペルー副王領では、インカ帝国の道路網「インカ道」の多くが「王の道」に転用されていた。チリを離れてからのエラウソの行動範囲は概ねこの「王の道」に沿っており、スペインへの帰途ボゴタへ向かった時もこの道を辿った。

十九年におよぶインディアスでの生活に終止符を打ったエラウソが帰路航海で乗船したのも、フロタ船団を護衛する艦隊のガレオン船（十六世紀からスペインで建造され領土防衛に投入された大洋航海用の堅固な大型艦船）であったが、もめごとを起こして乗り移った通信船は、国王が情報伝達のために随時派遣する粗末な小型船で、案の定、沈没寸前でカディスへたどり着いた（「自伝」

第15章)。エラウソが語る旅路の断片をつなぎ合わせると、インディアス交易の壮大な道が浮かび上がる。

2 都市と統治

都市の建設と司直

ペルーに到着してからのエラウソは問題を起こしては町々を転々とする。この繰り返されるエピソードには、インディアスの都市とその司直の実態が映し出されている。

南米でスペイン人がまず入植地を築いたのは、温暖な気候で耕作可能な土地があり、先住民労働力が得やすい地域、すなわち、インカ帝国を生んだ高度な先住民の文明が栄えた低緯度高地で、彼らはそこから征服の手を広げ都市を建設していった。アンデス山脈の山麓にキト、クスコ(いずれも一五三四年)、ラパス(一五四八年)、太平洋岸のリマ(一五三五年)、サンティアゴ(一五四一年)、内陸平原地帯のアスンシオン(一五三七年)、大西洋岸のブエノスアイレス(一五三六年。一五四一年に放棄、一五八〇年再建)など、現在南米諸国の首都となっている都市のほとんどが、一五五〇年までにスペイン人によって建設された。スペイン人が居住するためのこれらの集落には、重要性に応じて「町」と「市」の地位とそれに付随するさまざまな特権が国王から与えられた。その最も重要なものが、市民の自治的組織である市参事会《カビルド》を設置する特権であった。また、大都市には商人の商館《コンスラード》や職人のギルドなども置かれた。
都市の建設と平行して、司法と行政を司る聴訴院《アウディエンシア》がインディアス全域を網羅するように設置されていった。一五一一年のサント・ドミンゴ（現ドミニカ共和国）と一五二八年のメキシコ市を皮切りに、南米では、リマ（一五四二年）、ボゴタ（一五四九年）、ラプラタ別名チャルカス（現ボリビア。現在の呼称はスクレ。一五五九年）、キト（一五六三年）、そしてチリのサンティアゴ（一六〇九年。一五六五～七三年は在コンセプシオン）に設置された。各聴訴院の管轄地域は「王国」と呼ばれた。「自伝」の中にも、チリ王国と新グラナダ王国（ボゴタの聴訴院の管轄地域）への言及がある（「自伝」第5章、第15章）。

さらに、メキシコ市（一五三五年）とリマ（一五四二年）にそれぞれ副王府が設置されると、各地の聴訴院はその下に置かれた。ペルー副王府は南米全体を管轄した。メキシコ市とリマでは副王が聴訴院の長官を兼務した。チリの聴訴院には、南部辺境の守りと入植を支えるため、総督《ゴベルナドール》（「自伝」第5章）が派遣され、聴訴院の長官を兼ねた。戦役がつづく地域のため、チリでは大半の総督が軍人で、総司令官《カピタン・ヘネラル》の称号でも呼ばれた。そして、これらすべてを本国で統括したのは、国王を補佐するインディアス枢機会議《コンセホ・デ・インディアス》であった。セビーリャの通商院は、インディアス枢機会議直属の実務機関であった。

官僚制も本国にならって整備され、国王により任命された官僚は、インディアスで大きな力を振るった。エラウソの物語でも、彼らがしばしば登場する。まず、聴訴院には聴訴官《オイドール》とよばれる裁判官、刑事専門判事、検事などが配置された。聴訴院の所在地や、重要な鉱山町や港町には、王庫が設置され、財務官、会計官、主計官などの官僚が配属された。地方都市には地方長官《コレヒドール》が任命され、周辺の先住民を含む管轄地域の司法と行政を司った。

こうして十六世紀中には、主要なスペイン人の都市には、整然と引かれた格子状の街路と大きな中央広場、その広場に面して市庁舎と教区教会堂、そして周辺にいくつもの修道院とそれに付属する教会堂など、石造りの建物が並ぶ西欧風の街並みが整えられ、地方長官を頂点に、有力市民からなる市参事会が市政をとりしきるスペイン人社会ができあがっていた。町の判事と警吏は市参事会により任命された。エラウソの刃傷沙汰で登場する町々の司直はそのような面々であった。

エラウソの「自伝」では、しばしば、都市間の司法管轄権の序列がどんでん返しのポイントとなっている。エラウソに対するポトシでの裁判では、ラプラタ（現スクレ）の聴訴院の判事がポトシの町の司直の権限を剝奪し、自らエラウソを裁きにかけ拷問しようとする。しかし、ポトシの有力者であったエラウソの女主人の、おそらくは相当な額の賄賂で、エラウソはあっさりと無罪になる（「自伝」第8章）。コチャバンバでの裁判では、やはりチャルカス（現スクレ）の聴訴院の秘書官からの手紙で、コチャバンバの町の司直がエラウソに対して執行しようとしていた絞首刑が中止される（「自伝」第9章）。いずれも「自伝」の山場である。

スペインの植民地は人種が混在する世界であった。奴隷として新大陸に送られた黒人はスペイン人と居住地を共にした。先住民はインディオと総称され、「インディオの村」に住むことを義務付けられ、貢租と鉱山などでの労働を課せられた。それを逃れてスペイン人の都市、アシエンダ（大農園）、鉱山に住み着く先住民もいた。エラウソの物語には、スペイン人の主人に仕え居住を共にする黒人や先住民、スペイン人が必要とする労役のために村から駆り出される先住民（「自伝」第9章のチャルカスで小麦の運搬を担った先住民）、そしてスペイン人の支配に抵抗を続ける先住民（アラウコ人）が描かれている。エラウソの行脚の記録には、インディアスの統治機構、都市の成り立ち、人種関係までもが織り込まれている。

ポトシ銀山と経済圏

チリを離れ、トゥクマンへ向けてのアンデス越えに続き、エラウソの行動範囲はアンデス高地アルティプラーノの主要都市へと移る（「自伝」第8～15章）。ポトシ、ラプラタ、コチャバンバは、ポトシ銀山が生む富を背景に経済的繁栄を謳歌した地域にあたる。ラパス、クスコ、ウアマンガ（現アヤクーチョ）はアルティプラーノからリマへ向かう主要街道沿いにあった。インカ帝国の首都だったクスコは、その末裔が権威をもちつづける特別な都市でもあった。

黄金境を求めて新大陸へ渡ったスペイン人は、当初先住民に黄金を要求したが、次第に自ら鉱山採掘に狂奔するようになる。ペルー副王領で銀の生産を一手に担ったのが、一五四五年に発見されたポトシ銀山であった。一五五〇年、銀の精錬効率を著しく向上させる、水銀を用いたアマルガム法が考案されると、ワンカベリカの水銀鉱山の重要性が増した（「自伝」では第13章にエラ

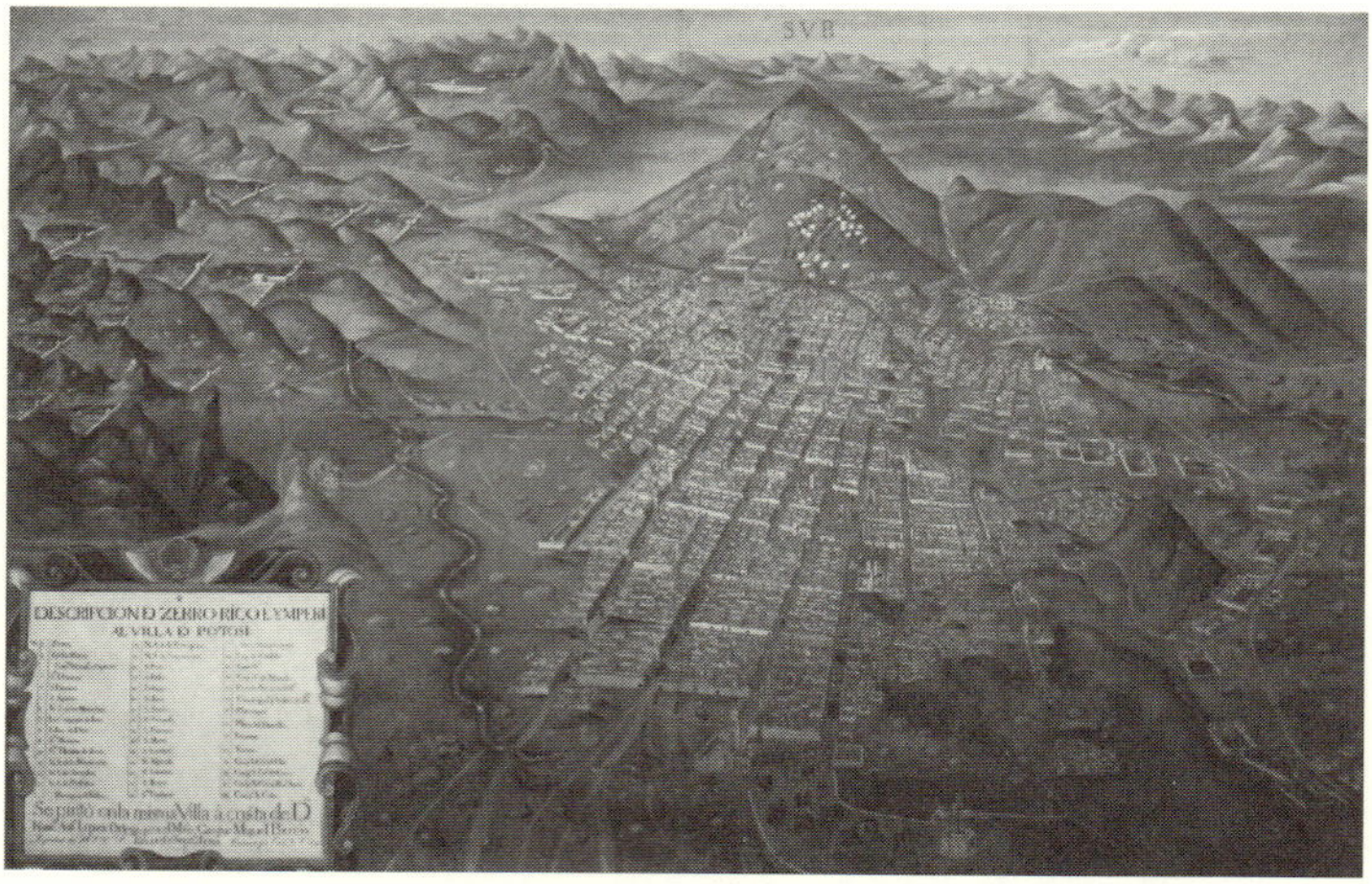

セロ・リコとポトシの町並み
1758年に描かれたこの絵図からは、ポトシの町の往時の繁栄が偲ばれる。エラウソの時代から1世紀余り後、採掘量は減少していたものの、セロ・リコ（豊かな山）と呼ばれた銀山は依然として町の主たる富の源泉であった。
（ガスパール・ミゲル・デ・ベリオ画、1758年）

銀山での労働と宗教行列（部分）

ウソがこの水銀鉱山に立ち寄った際のエピソードが語られている)。精錬された銀の多くは、太平洋岸、主としてアリカの港に集められ、先に述べた沿岸航路とパナマ地峡を経てフロタ船団に荷積みされた。スペイン王室の歳入になくてはならない新大陸の銀は、同時にヨーロッパ経済の近代化を促進させる価格革命を招いた。

「自伝」でエラウソは、ラプラタの市参事会員の下で、千数百人のインディオと一万頭のリャマを与えられて、コチャバンバ平原で大量の小麦を買い付け、製粉後ポトシへ運びパン屋に売るという大仕事を任せられ、その後もしばらくこの商売を続けた(「自伝」第9章)。アンデス高地の東、標高が低く温暖な気候のコチャバンバは、ポトシ銀山の経済圏において食糧生産を担っていた。聴訴院の所在地である主要都市ラプラタの市参事会員ともなれば、合法・違法を問わず地域の村の先住民を大量に労役に駆り出す力を有していたであろう。従って、このエピソードはラプラタ、コチャバンバ、ポトシの関係の実際を反映しているといえる。一ファネガの小麦を約八十キログラムとすると(この換算率には地域により差があった)、エラウソが製粉してポトシのパン屋に売りわたした三千五百ファネガの小麦はおよそ二百八十トンとなる。この数量には誇張があるかもしれないが、銀山が生む巨万の富により、多くの人口を抱えるようになっていたポトシの繁栄ぶりを示したものとして興味深い。ちなみに、ポトシの銀の生産量は十六世紀末から十七世紀前半にピークを迎え、その後は徐々に減少したので、エラウソはその最盛期に身を置いていたことになる。

3　アラウコ戦争と戦功への恩賞

チリの征服と入植

スペイン人征服者とチリ先住民の間で戦われたアラウコ戦争でのエラウソの活躍は、「自伝」中最大の山場である。チリでの戦功はまた、エラウソに関する比較的まとまった客観的史料が残る数少ない出来事のひとつでもある。エラウソがこの地に身を置いたのは、筆者の計算したところではおおよそ一六〇四～一六年の間のことと推測できる。スペインがアメリカ大陸の征服に着手してから百年、支配する領域は南北に拡大し、この時代、先住民との闘いは、北では現在のメキシコ中部～北部のチチメカ人をほぼ制圧して一段落し、南では、現在のチリ中部～南部のアラウコ人（マプチェ人）との激しい戦いのさなかにあった。エラウソがリマで兵員募集に応募し、コンセプシオンで配属された部隊（「自伝」第4章）は、アラウコ地域平定のために創設された職業軍人による軍隊であった。これは、当時オランダとの戦いのためにスペインが組織した軍隊《テルシオス》に次いで創設されたもので、これを国王に願いでたのはチリ総督アロンソ・デ・リベラであった。

アロンソ・デ・リベラとアロンソ・ガルシア・デ・ラモンは、一六〇一年から一七年にかけて交代で総督を四期務め、困難な時期に賢明な統治を行った傑出した総督とされている。エラウソのチリ時代は、このふたりの総督の任期とちょうど重なっている。「自伝」では、エラウソの実の兄は総督の秘書官として総督とともにコンセプシオンに駐在し、身内と気づかぬまま、エラウソと六年間寝食を共にした(「自伝」第5章)。その後、厳しい戦場で七年余りを過ごしたエラウソに、前線を離れコンセプシオンに戻る許可を与えたのは二期目のリベラ総督であった(「自伝」第5章)。エラウソが高名な総督の指揮下で、スペイン帝国の植民地で唯一残る辺境での戦いに身を投じて名をはせたことは、当時のスペインの人々にとって、ひときわ輝かしい功績と映ったであろう。

チリの征服を最初に試みたのは、インカ帝国を下し首都クスコを制圧した(一五三二〜三五年)フランシスコ・ピサロに同行し手柄をたてたディエゴ・デ・アルマグロである。彼は、さらに南にもっと豊かな土地があると信じ、一五三五年、南米大陸では冬のさなかの七月に遠征隊を率いてクスコを出発した。そして、現在のボリビアからアルゼンチン北部を経て、万年雪のアンデス山地を横断する困難に満ちたルートを進み、翌年の六月アコンカグア(現アルゼンチン・チリ国境)に到達した。しかし、目指した富はみつからず、まもなくペルーへの帰還を余儀なくされた。帰途は海沿いを辿ったが、チリ北部海岸地帯の砂漠(アタカマ砂漠)の行軍も苦難の連続で、一五三七年初頭クスコへたどり着いた。こうして、アルマグロによるチリへの最初の遠征は失敗に終わり、その直後アルマグロはピサロとの闘いに敗れてクスコで没する。アルマグロ一行の苦難の行軍の記憶は征服者とその子孫たちの間に生々しく残り、ヨーロッパ人にとってのチリのイメージを最悪なものにした。この厳しい自然環境は、エラウソのチリでの経験とアンデス越えのエピソードにも余すところなく記されている(「自伝」第7章)。

アルマグロに続きチリ遠征を試みたのは、ピサロのもとでアルマグロ派を破り手柄をあげたペドロ・デ・バルディビアで、その遠征隊は一五四〇年一月にクスコを発ち、一五四一年二月十二日、マポチョ川の支流の丘のふもとに、後にチリの首都となるサンティアゴを建設、翌三月七日に市参事会を設置した。チリ総督に任ぜられたバルディビアは先住民アラウコ人の土地の征服をさらに南へと進め、コンセプシオン（一五五〇年）をはじめとするいくつかの町と、アラウコ、トゥカペル、プレンの要塞を建設した。バルディビアが派遣した探索隊はマゼラン海峡まで到達する。しかし一五五三年十二月、有能な首長ラウタロの指揮のもとトゥカペルで勃発したアラウコ人の反乱は全アラウコ地域に広がり、バルディビアの死で統率を失ったスペイン人はコンセプシオンを放棄しサンティアゴへ退却した。

アラウコ戦争

スペイン人は先住民マプチェをアラウコ人と呼んだ。彼らはスペイン人との遭遇の時点で、チリで最大の人口を擁する先住民集団であったが、スペイン人との接触後は、ビオビオ川の南まで居住地を狭めた。アラウコ人との戦いはビオビオ川の南部で長年にわたって続けられ、その地域のスペイン人入植地の状況は十六世紀末まで不安定で不確実であった。一五九八年、総督マルティン・ガルシア・オニェス・デ・ロヨラとその一行が、クララバで先住民に攻撃され殺害された。これが先住民の猛反撃の始まりで、ビオビオ川以南のスペイン人入植地は破壊された。

ビオビオ川は両者の境界となり、この地域に設置された一連の要塞と職業軍人の軍隊が先住民の侵入を阻止した。十七世紀半ばまで、戦争は非常に活発で血なまぐさかった。総督リベラは軍人を教育し組織を改革し、兵器、騎兵、歩兵、砲兵にそれぞれ戦いでの役割を与えた。ビオビオ川に沿った要塞に軍を集結させてこのラインを固め、背後の地域が完全に征服されたのち要塞を前進させるという戦略をとった。エラウソが身を投じたのは、まさにこの作戦による一連の闘いであった（『自伝』第5章）。

リベラの改革は功を奏し、軍事的戦いは徐々に減少した。一六五五年の最後の大きな反乱の後は、平和的な交流が緊密になっていった。以後、単発的な衝突が稀に起こる以外は、境界での平穏な関係が長くつづき、先住民へのキリスト教布教が進められた。

戦功への恩賞

エラウソはアラウコ戦争での活躍により少尉に昇進し、スペインへ帰国したのち、その功に対して、インディアス枢機会議に年金の受給を申請した。この申請には、現地でエラウソの働きぶりを実際に見聞きした軍人たちの証言が添えられた。これにより、アラウコ戦争でのエラウソの働きが事実であることがわかるのである。一六二六年、国王への奉仕への見返りとして、年額五百ペソの年金支給が決まった。申請から決定までの一連の手続きを記した文書は、現在もセビーリャのインディアス総合文書館に保管されている。

4　バスク人の繋がり

エラウソはスペイン北部バスク地方ギプスコア県の、カンタブリア海に面した港町サン・セバスティアン生れであった。行く先々でエラウソの窮地を救う「ビスカヤ人」は、おなじバスク地方の隣の県ビスカヤの出身者を指すが、バスク地方の中でビスカヤが占めた重要性から、バスク人をビスカヤ人と呼ぶ慣習があったとされる。「自伝」中のビスカヤ人も、バスク人の総称と理解できる。

バスク人

バスク人は古くからイベリア半島に住み着き、スペイン語（カスティーリャ語）とは全く異なる固有の孤立した言語と風習を守る民族であった。イベリア半島を侵略したイスラム教徒の支配を一度も受けることはなく、十二世紀にカスティーリャ王国に帰属してからはレコンキスタを支えた。そのためバスク人は純粋なキリスト教徒（旧キリスト教徒）とみなされ、中世以来、国王からさまざまな地域慣習法《フエロ》による特権を与えられていた。一律に下級貴族イダルゴの身分を認められたのもその特権のひとつである。ポトシで裁判にかけられたエラウソの弁護人が、ビスカヤ人の特権、すなわち貴族特権ゆえに拷問にかけられないと主張したのはこのためである（「自伝」第8章）。カスティーリャ王国の真正なる臣民という意識、イダルゴとしての国王への強い忠誠心、同郷の繋がりを通じて国の要職を占めることへの強い執着などがバスク人を特徴づけたとされる。

エラウソがパナマ市で仕えた王庫役人、トルヒーリョの大商人、同じくトルヒーリョで人を殺めたエラウソの逃亡をほう助したその地の地方長官、三人はその苗字イバラ、ウルキサ、アギーレからいずれもバスク人であったことがわかる。地方長官アギーレはバスク語でエラウソに逃亡を促してさえいる(「自伝」第4章)。これ以降も幾度となくエラウソを助けるのがバスクの同郷人であった。彼らはどの町にもいて、故郷の親族の消息に飢え、損得を度外視して新参者のエラウソの刃傷沙汰に加勢する。繰り返されるエラウソへの無条件ともいえる協力は、ステレオタイプ化した逃亡のパターンとも見えるが、バスク人の繫がりの強さを知る当時の読者にとっては、十分納得できる筋立てだったであろう。

インディアスへの進出

果敢で進取の気性に富む性格、スペイン国内随一とされた高い人口密度、バスク固有の遺産相続制度——子供の一人が親の全財産を相続する——、血筋によるイダルゴは貴族身分であっても商業や手工業に従事することが許されたことなどが、従来からバスク人、なかでもカンタブリア海に面したビスカヤとギプスコアの人々が海に生業を求め、漁業や貿易を通じて北部ヨーロッパやスペイン南部など、外に向かった要因とされている。

この伝統的な海との深いつながりが、インディアスへのバスク人の進出にも決定的な役割を果たした。そのひとつが、海軍と海運におけるバスク人船員の重要性で、スペイン艦隊の指揮官、優秀な水先案内人をはじめとする船乗りなど、バスクから多くの人材が輩出した。十六世紀末、毎年インディアスへの船団に加わった七千〜九千人の船員の半分以上がバスク人であったといわれる。中でもスペイン艦隊の乗員の大半はバスク人であった。このことは、エラウソの物語でも特に目を引く事柄のひとつである。エラウソが見習い水夫として乗船した艦隊のガレオン船の船長は、エラウソ自身の従伯父《いとこおじ》にあたるバスク人であった（「自伝」第2章）。帰途の艦隊を率いた将軍トマス・デ・ララスプルは、長年にわたり大西洋を往復した経験豊かな軍人であったが、やはりバスク人であった（「自伝」第15章）。海とのつながりでバスク人がインディアス進出に果たしたもうひとつの役割は造船業であった。鉄を産したビスカヤでは伝統的に造船業が盛んであったが、十六世紀以降スペイン国王の庇護の下、ビルバオを中心としたバスクの造船業は大型船の建造によりインディアス交易を支えた。

加えて、インディアスとの独占貿易を管轄する王権の諸機関（インディアス枢機会議、通商院）や銀行業において、バスク人コミュニティは重要な地位を占め、セビーリャで特権的な商館を組織し、インディアス交易を取り仕切った大商人の中には、常にバスク人が顔を揃えていた。彼らはインディアスの現地でも連携した。先述のトルヒーリョの商人ウルキサは、エラウソに委ねた金額の法外な大きさ、高価な布地など扱う商品の内容、ペルー北部沿岸の活動地域などから、ペルーでインディアス独占貿易のうま味を分け合うバスク商人であったと推察される（「自伝」第2〜4章）。

自分たちしか理解できない言葉で話し、伝統的に同族結婚の慣習を有し、高い能力を発揮してインディアスでも強いネットワークを作り上げたバスク人が、同郷者との繋がりに活路を見出し、助け合ったのは当然だったといえよう。インディアスでバスク人コミュニティが振るった力に対するそれ以外の地域のスペイン人からの反感と、マイノリティへの蔑視が、両者の緊張関係を生み、度々衝突に発展したといわれる。バスクなまりで話すエラウソに対する周囲の敵意と偏見がエラウソをいらだたせ、度重なる争いの火種となったとも推測できよう。

5　教　会

インディアスのカトリック教会

バスク人のコミュニティは教会関係者の中にも存在したので、バスク人の聖職者たちは陰に日向に個人的にエラウソに手を差し伸べたことであろう。しかし「自伝」のエピソードによれば、エラウソがより大きな恩恵を受けたのは、世俗の司直に対する組織としてのカトリック教会の特権からであった。

スペインによる新大陸征服は、先住民へのキリスト教布教を条件にローマ教皇がスペインの君主に与えた大勅書によって正当化され、カトリック教会は世俗の官僚機構とともにスペインのインディアス統治を支える重要な役割を果たした。インディアス各地で、大司教・司教を頂点とする在俗教会組織が整えられると同時に、托鉢修道会が中心となって先住民へのキリスト教布教が

クスコのフランシスコ会修道院
1階と2階の2層のアーチ列からなるルネッサンス様式の回廊は16世紀末に建設されたもので、エラウソが新シッドとの闘いで負った傷を癒した時の姿を今も留めている（「自伝」第12章）。背後に教会堂の身廊と塔が見える。

展開された。十六世紀末までに現在のペルーからボリビアにかけての地域で先住民布教にあたったのは、ドミニコ会、フランシスコ会、メルセー会、アウグスティヌス会、イエズス会の宣教師たちで、その拠点として建設された修道院はあわせて九十に上ったとされる。

こうして、主な都市には在俗教会の教区教会堂と各種修道会の修道院とそれに付属する教会堂が建設された。スペイン人女性や混血女性の人口増加に伴い、スペイン本国に倣って女子修道院も建設された。エラウソの物語では、エラウソの窮地を救う重要な場面で、ドミニコ会とフランシスコ会の修道院と修道士が登場し、女性であることを告白した後のエラウソの保護先として女子修道院もいくつか登場する。

エラウソが廻った都市を宗教的な権威からみると、リマの大司教座（司教座設置一五四一年、大司教座設置一五四六年）の下に、クスコ（一五三七年）、チャルカス（一五五二年）、サンティアゴ（一五六一年）、トルヒーリョ（一五七七年）、ウアマンガ（一六〇九年）などの司教座が設置されていた。これらの都市の中央広場に聳える教区教会堂は司教座聖堂（大聖堂）と称された。

教会の特権——聖域特権と聖職者の特権

エラウソの物語の冒険的要素には、世俗の司法から逃れる手段としての教会の保護が欠かせなかった。何世紀もの間、キリスト教における教会の聖域特権は、大小無数の犯罪で追跡される者たちが、少なくとも一時的に、世俗の司法から逃れる手段であった。罪人の避難場所としての聖なる場所（教会、修道院とそのすべての施設、墓地、施療院、礼拝堂、祠、教会堂もしくは礼拝堂を有する学院）を正当化する根拠のひとつは、罪を許すキリスト教の慈悲の思想、もうひとつは、裁判官の怒りや復讐により不当に科される厳しい罰に対処するためであった。この特権は十八世紀には象徴的なものにまで縮小された。

スペインでも中世以来、王権は教会にこの特権を認めてきたが、負債者が財産を携えて聖域に逃げ込む行為は、商取引や王庫に多大な損害を及ぼしたため、十六世紀、スペイン本国においてもインディアスにおいても、王権はこれに制限を課そうとしていた。フェリペ二世は、負債者のような罪人には聖域特権は適用されず、世俗の監獄に入れられるとし、教会側も、目に余る特権の乱用に対してローマ教皇が聖域特権に該当しない罪（辻強盗、山賊、計画的殺傷、耕作地での盗み、異端、反逆など）を明示するなどして対処を試みた。しかしそのような場合でも、司祭の介入により特権の行使が可能であったという。

十六世紀、メキシコ市のドミニコ会修道院は無数の犯罪者の避難所として名をはせていた。そこでメキシコの教会は、第一回メキシコ地方公会議（一五五五年）で、聖なる場所での避難中に「博打をしたり、女性や娼婦を連れ込んだり、自分の生業を行ったり、避難所の扉を侮辱したり、ギターに似た弦楽器ビウエラを奏でたり、世俗の会話や暇つぶしの話をしたりすること」を禁じ、「静かに謹慎しているように」と定めた。同じころ、リマでもこれに準じた規定が設けられた。

このように当時、聖域特権を守りたい聖職者と、世俗の法の執行を要求する当局との間で、この特権を乱用する犯罪者をはさんで、場合によっては喜劇と紙一重のさまざまな状況が生じていた。エラウソがたびたび教会堂や修道院に逃げ込み窮地を逃れるエピソードは、この時代のひとびとにとっても滑稽に見えた日常を背景としていたといえよう。

教会は聖域特権だけでなく、国王が行使する世俗の法から聖職者を除外する特権も有しており、教会が彼らへの裁きを行った。そのためであろう、修道女であると嘘をついたエラウソに対しては、司教による取り調べが行われた（『自伝』第14章）。一六一七年に作成されたこのエラウソへの取り調べの記録は現在のところみつかっていないものの、何者かの手になる写しが直ちにセビーリャに送られ、翌一六一八年には印刷されて流布したため、一六二四年の帰国時、エラウソは有名人として迎えられた。そして、その翌年にはマドリードとセビーリャの複数の版元から、エラウソの半生についての二部構成の「報告」が出版された。

告解

教会に関連して、「自伝」でもうひとつの重要な要素となっているのが告解である。エラウソに深手を負わされ死を目前にした者に、あわてて告解させようとする場面がいくつも語られるだけでなく、エラウソ自身が女性であることを聖職者に打ち明ける告解は、それまでの生き方を正当化する大きな転換点を画している。

告解は、教会の司祭たちに信者の罪を許す権能を与えることにより、信者を「永遠の救済」に導くという、カトリック教会の本源的な使命を可能にするもので、カトリック世界において核心的重要性を有する秘跡であった。告解の慣例は、八世紀ころにはヨーロッパ大陸に広がり、第四回ラテラン公会議（一二一五年）では、神の代理人として司祭が罪を許す権限をもつと定め、信者に毎年の告解を義務づけた。カトリック教会が宗教改革への反撃を目指して対策を練ったトリエント公会議（一五四五〜六三年）以降は、告解の教えを広めその実践を定着させるために、教会は特に大きな力を注いだ。エラウソがコチャバンバであやうく死刑執行を逃れたエピソードでは、このミッションを真剣に実践しようと、死にゆく者に告解を迫る滑稽なまでに必死な聖職者の姿を描いている(「自伝」第9章)。

時も場所も状況も選ばず、思いがけず訪れる死。カトリック教徒にとっては、罪を犯しながらそれを悔い改めることなく旅だった魂が行く先は地獄である。エラウソも、死が近いことを悟ったクスコで自ら求めた告解では、最大の秘密を明かしたのであった(「自伝」第12章)。

6　文書館史料から見るエラウソの生涯

ウアマンガでの司教による取り調べの記録や年金の請願書類のように、エラウソの生涯は、文学的創作の入り込む余地のないさまざまな文書の中にも記された。それらが示す「客観的史実」と「自伝」との比較も、この作品を読む上での面白さであるが、実は、両者の間には少なからぬ齟齬があり、エラウソの生涯の正確な再構成を難しくしている。現在のところ、誕生年にもインディアスへの渡航年にも疑問が残るうえに、一六一七年のウアマンガでの供述と、一六二四年の帰国という動かしがたい日付に照らすと、それまでにインディアス各地で過ごしたとして「自伝」の中で示される時間は長すぎるなど、手稿作成時の写し間違いを考慮してもなお、非現実的な情報が少なからず含まれている。しかも、「自伝」のエラウソ本人の肉筆原稿は残っておらず、十七世紀末にセビーリャ在住の氏名不詳の「編者」が残した手稿が現存するのみである。それが、この作品が括弧つきの自伝とされる理由である。

「自伝」は一六二六年、ナポリでの逸話で突然終わる。「自伝」を編集した「匿名の編者」は、その後のエラウソの消息を知るために手を尽くし、いくつかの情報を得た。それは、エラウソが一六三〇年にヌエバ・エスパーニャへ渡航し、運搬業を営んでいたことである。現在、われわれはヌエバ・エスパーニャでのエラウソについてさらに多くのことを知っている。ひとつは、「自伝」の編者が知りえなかった、エラウソの生涯に関する「最後のそして第三の報告」と題された印刷物の存在である。一六二五年にセビーリャで出版された第一と第二の「報告」につづく形で、一六五三年にメキシコ市で出版され、エラウソのヌエバ・エスパーニャでの最後の二十年を綴ったこの小品も、エラウソを「我らのペレグリーナ（巡礼者・一か所に留まらない女《ひと》）」と呼び、男装の女性として描いた。そして、フロタ船団の終着港ベラクルスとヌエバ・エスパーニャ副王領首都メキシコ市の間を行き来する運搬業を営み、一六五〇年、その道中で没したことを三人称で語っている。さらに近年では、メキシコ国立公文書館所蔵の興味深い文書も知られている。それは一六三九年に、エラウソが年金五百ペソの遅配をメキシコ市の聴訴院に訴えた際に作成された記録で、聴訴院が遅配の年金を王庫から支払うよう命じた判決と、その年金にメキシコ南部の複数の先住民村の貢租が充てられていたことが記されている。

おわりに

エラウソが「自伝」の中で踏破したのは、南米大陸西部の主要な交通網のほぼ全てであった。晩年を、もうひとつの副王領ヌエバ・エスパーニャで過ごしたことを考えると、その行動範囲は驚異的であった。さらに、十七世紀初頭のインディアスに関する知識をもってこの「自伝」を読むと、それぞれのエピソードはいっそう生き生きと奥行きをもって見えてくる。ここまでの検討に照らせば、「自伝」には、物語を面白くするための誇張や捏造（あるいは編者の善意からの加筆や単純な写し間違い）があることは否めないものの、実際の体験なくしては語れないであろう出来事の展開や細部の数々が盛り込まれている。そこに、文学作品であるとともに自伝とみなされているこの作品の面白さがあるといえよう。

注

（1）カスティーリャ王女イサベルとアラゴン王子フェルナンドは一四六九年に結婚した。その後、イサベルが一四七四年にカスティーリャ王国を、フェルナンドが一四七九年にアラゴン連合王国を継承したことにより、複数の王国（カスティーリャ、アラゴン、カタルーニャ、バレンシアなど）の同君連合としてのスペイン「統合」が達成された。イサベルとフェルナンドは一四九二年、イベリア半島に最後まで残っていたイスラム教徒の王国グラナダを陥落させ、レコンキスタ（国土回復運動）を完了した。

主要参考文献

-Bernardo Ares, José Manuel de, y Jesús Manuel González Beltrán (Eds.), *La Administración Municipal en la Edad Moderna. Actas de la V reunión científica, Asociación Española de Historia Moderna,* vol. II, Universidad de Cádiz y Asociación Española de Historia Moderna, España, 1999.

-García Fuentes, Lutgardo, "Los vascos en la carrera de Indias en la edad moderna: una minoría dominante", *Temas Americanistas*, núm. 16, 2003, pp. 29-49.

-Martínez López-Cano, María del Pilar, y Francisco Javier Cervantes Bello (coordinadores), *Los concilios provinciales en Nueva España, reflecciones e influencias*, México, UNAM & Benemérita Universidad Autónoma de Puebla, 2005, 特に' Marcela Rocío García Hernández, "La confesión en el tercer concilio mexicano", pp. 223-251 並びに Miguel Luque Talaván, "La inmunidad del sagrado o el derecho de asilo eclesiástico a la luz de la legislación canónica y civil indiana", pp. 253-284.

-Sagredo Baeza, Rafael, *Historia mínima de Chile*, México, El Colegio de México, 2014.

第2章 スペイン文化の黄金世紀

栄光と斜陽の時代の文芸

El Siglo de Oro de la cultura española: arte y literatura en tiempos de gloria y decadencia

竹村文彦 Fumihiko Takemura
坂田幸子 Sachiko Sakata

この章は竹村文彦が担当する予定であったが、竹村の急逝により、坂田がスペイン黄金世紀の文学についての概説を書き、竹村が他の媒体に以前発表した短いテクスト三篇（「セルバンテスの名作『ドン・キホーテ』の革新性」、「女たらしドン・ファンの原型と変貌」、「新大陸初のフェミニスト、修道女ソル・ファアナ」）をそこに組み入れることとした。(1)

はじめに

この章では、カタリーナ・デ・エラウソという人物と、エラウソにまつわるテクストを視野に入れつつ、十六〜十七世紀の文芸を概観する。エラウソ自身がスペインと新大陸を往還した人であったことから、スペインと新大陸の文化的つながりにも目配りしながら話を進める。また、邦訳を比較的入手しやすい作品を中心に取り上げ、この章の最後で主な邦訳の紹介も行う。

一四九二年のコロンブスによる新大陸到達から十六世紀にかけて、スペインは次々と植民地を獲得し、領土を広げ、権勢を誇った。国王でいえば、ハプスブルク家のカルロス一世（治世 一五一六〜五六年）とフェリーペ二世（治世 一五五六〜九八年）の時代にあたる。だが一方で、その世紀の後半には早くも国庫の破産宣告が出されるなど、衰退の兆しは現れていた。その後も国力を立て直すことはできず、カルロス二世（治世 一六六五〜一七〇〇年）に世継ぎがなかったため、ちょうど十七世紀の終わりとともに、スペイン・ハプスブルク朝も断絶する。

文化の場合、国家勢力の最盛期から少し遅れて、十七世紀の前半に隆盛の頂点を迎える。十六世紀から十七世紀にかけての時代をスペイン文化の黄金世紀と呼び、芸術の各分野で綺羅星のごとき才能が次々と現れて活躍した。文芸思潮のおおまかな区分としては、十六世紀がルネッサンス、十七世紀がバロックの時代となる。これらの時代のスペインの文芸のあり方は、カトリック教会の存在を無視しては理解できない。プロテスタントに対抗するカトリック教会の旗手を自認するスペインにおいて、信仰は精神世界を支配し、人々の日常のあらゆるところに介入し、芸術と社会全般に大きな影響を及ぼした。

文学についてはこのあといくつかの項目に分けて述べるので、黄金世紀の美術については、ここで代表的な画家について駆け足で述べる。エル・グレコ（一五四一〜一六一四年）、本名ドメニコス・テオトコプロスはギリシャに生まれ、スペインで画家として大成した。畢竟の大作《オルガス伯の埋葬》では、画面の下半分に地上におけるオルガス伯の埋葬場面が、上半分にオルガス伯の魂を迎える天界の様子が描かれている。リベーラ（一五九一～一六五二年）とスルバラン（一五九八～一六六四年）はともに宗教画で知られるが、ナポリ（当時スペイン領だった）で活躍したリベーラが劇的な表現の聖人殉教図を得意としたのに対し、スルバランは闇のなかで骸骨を手に跪いて祈る修道士像など、信仰に生きる人の姿を静的な構図で描いた。フェリーペ四世の宮廷画家だったベラスケス（一五九九～一六六〇年）の《ラス・メニーナス》（一六五六年）は、スペイン絵画史上の最高傑作とされる。宮廷内の一瞬を切り取って、王女マルガリータと女官ら数名の姿を描いたものだ。画面中央奥に配置された鏡にはその場を訪れた国王夫妻の姿が映り、この絵を鑑賞する者に、数世紀前の国王夫妻と同じ場所に佇むかのような感覚を抱かせる。ベラスケスには、当時のスペイン絵画としては珍しい《鏡のヴィーナス》という裸体画もあるが、これはイタリア滞在中に描かれたものだ。カトリックの戒律の厳しい当時のスペインでは、裸体画を描くことは許されなかったのである。ムリーリョ（一六一七～八二年）は、柔らかい色調の愛らしい聖母像や聖家族像のほかに、風俗画も得意とした。《ブドウとメロンを食べる子どもたち》では、少年がふたり、地面に座って、どこかから盗んできたとおぼしきメロンとブドウを嬉しそうに食べている。よく見ると裸足で、足の裏は汚れている。おそらくは、ムリーリョが暮らしたセビーリャの町の路上で暮らす少年たちだろう。新大陸から金銀を積んできた船が荷下ろしをする港町として殷賑を極めたセビーリャも、この絵が描かれた十七世紀半ばには経済的な停滞に加えペストの流行もあり、衰退が顕著であった。

1　航海者・征服者たちによる報告

カタリーナ・デ・エラウソが生まれたのは一五九二年、くしくもコロンブスによる新大陸到達から百年にあたる。コロンブスが一四九二年八月に出帆してから新大陸に到達し、周囲の地域の探検を経て翌年三月に帰着するまでの第一回目の航海については、彼自身が記した手記を、後述するラス・カサス神父が編纂した『コロンブス航海誌』で読むことができる。彼はその後も三回にわたって航海を行い、カリブ海から南米大陸北部に至る地域を探検した。

スペインはポルトガルとならび欧州他国に先駆けて大航海時代を迎え、新大陸の植民地化を開始する。エルナン・コルテスによるアステカ帝国征服（一五二一年）、フランシスコ・ピサロによるインカ帝国征服（一五三三年）などによって次々と領土を拡大し、北は現在のアメリカ合衆国南部から、南は南米大陸の先端まで、ポルトガル領となったブラジルを除く中南米のほぼ全域という広大な領土を有するようになる。十六世紀後半、カタリーナ・デ・エラウソが生まれた時の国王はフェリーペ二世だが、オランダをカルロス一世から引き継いで領有し、さらにその治世の間にフィリピンも獲得し、さらにはポルトガルを併合したことにより、アフリカ沿岸やブラジルというポルトガル植民地も支配下に入り、スペインはまさに日の沈むことのない大帝国であった。

航海者や征服者たちのなかには、みずからの体験を書簡や手記、あるいは報告書として書き残した者もいる。それらの主なものは訳出され、岩波書店の大航海時代叢書におさめられている。本書第Ⅰ部で紹介したエラウソの「自伝」も、チリでの先住民相手の戦役の記述などは、征服に参加した兵士の記録として読むことができるだろう。

一方、先住民たちは、新大陸の富の奪取に狂奔する征服者たちから鉱山や農園での過酷な労働を強要され、劣悪な環境のなかで多くの者が命を落とした。こうした状況を非難し改善を訴えたのが、ラス・カサス神父（一四七四？　八四？～一五六六年）である。エスパニョーラ島、グアテマラ、メキシコ等でキリスト教の布教にあたったこの神父は、「罪のない人びとが虐殺絶滅の憂き目に遭ったり、スペイン人の侵入をうけた数々の村や地方や王国が全滅させられたこと」（染谷秀藤訳）に抗議し、征服者たちの暴虐と先住民族の置かれた非人間的な状況を告発する『インディアスの破壊に関する簡潔な報告』（一五五二年）を著した。

征服者による報告とは異なるが、インカ・ガルシラソ・デ・ラ・ベガ（一五三九～一六一六年）による『インカ皇統記』にも触れておきたい。作者は、スペインの名家で文武両道に秀でた一族出身の征服者を父とし、インカの王女を母として、ペルーに生まれスペインのコルドバに没した。『インカ皇統記』は新旧両大陸の血を引く作者による、インカ帝国の歴史と、人々の風習・文化をつづった壮大な年代記である。

2　小説・散文

まずは『ラサリーリョ・デ・トルメスの生涯』（一五五四年）を紹介しよう。貧しい生まれのラサロ（ラサリーリョは愛称）はまだ年端も行かぬうちに親元を離れ、盲人の手引き小僧として奉公に出る。だがラサロを引き取った盲人は彼を手荒く扱い、ろくに食事も与えてくれない。次に仕えた司祭はきわめつきの吝嗇にして性悪、その次に仕えた郷士（下級貴族）は、外聞ばかりを気にしているが実は一文無し。飢えをしのいで生き延びるには、知恵を絞り、時には犯罪まがいのこともする。こうしてラサロ少年は子どもの無邪気さを捨てて、ただひとり、頼る者とてないこの世を渡るのだ。

『ラサリーリョ・デ・トルメスの生涯』はピカレスク小説の嚆矢だ。このジャンルの作品では、下層階級の出身である主人公の小悪党（ピカロ）が一人称でみずからの世渡りの苦労や人々の卑近な日常を語る。主人公は生き延びるためにさまざまな職や土地を渡り歩くから、それによって社会の諸相（たいていの場合は負や悪の側面）があらわになる。一人称の語りで真実味を担保し、現実世界を美化せずありのままに描く手法のピカレスク小説は、これ以降、スペインのみならず他国でも多く書かれるようになり、近代小説の歴史で大きな役割を果たすこととなった。

本書との関連でいえば、エラウソの「自伝」の仏訳を手掛けた高踏派詩人ジョゼ＝マリヤ・ド・エレディィヤ（第Ⅱ部第6章を参照）は、カタリーナ・デ・エラウソの「自伝」とピカレスク小説と

のあいだに共通点が見られると指摘している。(2)

なお、この小説の作者は不詳である。教会批判や聖職者の腐敗に言及している箇所など、作者名を明らかにするのが憚られる事情があったのだろう。

ピカレスク小説をもうひとつ紹介する。鋭い知性と批判精神の持ち主であった作家ケベード（一五八〇～一六四五年）による『ぺてん師ドン・パブロスの生涯』（一六二六年）である。いかがわしい職業の両親から生まれた主人公は、流れ者としてセゴビアからマドリード、トレド、セビーリャを転々とし、各地で盗み、詐欺、賭博、殺人への関与などの悪事を働くすさんだ生活ののち、新大陸への高飛びを計画するところで物語は終わる。この小説を特徴づけるのは、内容もさることながら、その文体だろう。掛詞や地口などの言葉遊びがいたるところにあり、まるで作者に謎解きを仕掛けられているような、知的な刺激に満ちている。スペイン・バロック文学のひとつの特徴であるこうした文体を奇知主義《コンセプティスモ》と呼び、これを極めたのがケベードだった。

さて、『ラサリーリョ』が端緒を開いた近代小説だが、そのおよそ半世紀後、セルバンテスによる近代小説の金字塔、『ドン・キホーテ』が世に出ることになる。セルバンテスはスペインの栄光と没落を体現した人物だった。一五七一年、地中海の制海権をかけてオスマン帝国とのあいだで行われたレパントの海戦に兵士として参加する。スペインの栄光の頂点として語られる戦いだが、彼は左手に大怪我を負う（これゆえ「レパントの隻腕」と呼ばれる）。その後、地中海を船で帰国の途中、アフリカ北部の海賊に身代金目当てで捕えられ、五年間の捕囚生活。ようやく解放

される も帰国後は経済的な苦境の連続。投獄の憂き目にも遭う。そうした苦難の日々に構想を練り、執筆されたのが『ドン・キホーテ』である。

セルバンテスの名作『ドン・キホーテ』の革新性

ラ・マンチャの片田舎に暮らす五十がらみの男が、騎士道物語を読み過ぎて正気を失い、自分も名だたる騎士なのだと思い込む。そしてみずからドン・キホーテ・デ・ラ・マンチャと名乗り、隣り村の百姓娘を思い姫ドゥルシネアに仕立て上げ、近所の農夫サンチョ・パンサを供に従えて、強きをくじき、弱きを助けるために遍歴の旅に出る。

スペイン文学随一の名作、ミゲル・デ・セルバンテス(一五四七〜一六一六年)の『ドン・キホーテ』(前篇一六〇五年、後篇一六一五年)はこんな設定で始まる。古ぼけた鎧兜で身を固め、長槍を手に痩せ馬ロシナンテに跨った主人公の異様さ。今日の日本に置きかえれば、ちょんまげを結い、刀を帯びたお侍さんが、いきなりわれわれの目の前に飛び出してきたようなものだ。騎士道物語とは、当時ヨーロッパで大人気を博していた読み物で、そこでは王家の血を引く若くてりりしい騎士たちが幾多の冒険や試練をへて、結末で意中の姫君と結ばれていた。舞台ははるか昔の遠く離れた国に置かれ、ヒーローの側が非の打ちどころのない超人であった一方、彼らの敵対者は悪の権化として描かれていた。人物が単純化され、善玉と悪玉に二分されていたのだ。また、弱冠十六歳の若者が塔のような巨人を一刀両断したとか、騎士がたった一騎で百万余の軍勢を蹴散らしたとか、この種の読み物は途方もない描写にあふれていた（この批判は、『ドン・キホーテ』に出てくるある登場人物のものだ）。一般庶民の日常の暮らしは、当時はまだ文学のテーマとして認知されていなかった（そうした状況に一石を投じたのが、社会の底辺に生きる与太者を主人公にしたピカレスク小説だった）。そんなくだらないものを取り上げても仕方がない、と作家たちは考え、読者も自分とは身分も境遇もかけ離れた人々が演ずる絵空事に胸を躍らせていたのだ。セルバンテスの小説の革新性は、そうした文学のあり方を大きく変えたところにある。騎士道物語の世界を絶えず現実に当てはめるドン・キホーテは、風車を巨人と勘違いして襲いかかり、地面に叩きつけられたり、鎖に繋がれて刑におもむく囚人たちを解放してやり、感謝されるどころか石を投げつけられたり、滑稽な失敗を何度もくり返す。このことは、騎士道物語の空想的・理想的な価値観が現実社会の中では何の有効性も持たないことを示す。当時の読者は『ドン・キホーテ』を読み始めてすぐ、騎士道物語ではまずお目にかかれない記述に出くわし、面食らったはずだ。そこには主人公が毎日どんな食事をし、どんな服を着ていたのかが事細かに綴られていた（羊肉よりは牛肉の多く入った煮込み、挽き肉の玉ねぎあえ、金曜日のレンズ豆、祭日用のラシャの上着、ビロードのズボン等々）。騎士道物語では見向きもされなかった日常生活が、ここでは大手を振って登場するのだ。物語の終盤で、「銀月の騎士」との決闘に敗れたドン・キホーテは、失意のうちに帰郷し、やがて死の床につく。白黒をはっきりつける騎士道物語であったならば、おそらくこの死の場面は悲劇一色に塗り込められたことだろう。ところが、セルバンテスはこう書く——家はあわただしい雰囲気に包まれたが、「それでも姪はよく食べ、家政婦はきこしめし、サンチョ・パンサはどことなくうれしそうにしていた」（牛島信明訳）。なぜなら、主人の遺産をもらうことになっているからだ。大切な人が死に瀕していても、日常の営みは途切れることなく続くし、人の死を悲しむ気持ちは遺産が手に入る喜びと相容れないわけでもない。人間の本質を見事に突いた一節だろう。人々の日常の暮らしが、その複雑な様相をとどめたまま小説の中に移されたとき、近代小説の扉は大きく開かれたのだ。

『ドン・キホーテ』は一六〇五年に出版されるや大評判となり、その人気をあてこんで別の作者が勝手に続篇を書くという事態になった（『贋作ドン・キホーテ』として邦訳もある）。セルバンテスが憤慨したのも無理はない。一六一五年に出版された後篇では、前篇や贋作への言及という、いわゆるメタフィクション的な要素もあり、小説技法の面でも興味は尽きない。

セルバンテスは『ドン・キホーテ』以外にも長編小説、詩、戯曲などを手がけた。短編小説も面白い。たとえば「ガラスの学士」は、大病を患ったあげく、自分の身体がガラスでできているという妄想にとりつかれた男が、鋭い風刺のきいた会話を繰り広げるという奇想天外な物語である。

最後にこの時代が生んだ知の巨人、グラシアン（一六〇一～五八年）の長編寓意小説『エル・クリティコン』（一六五一～五七）を紹介しておこう。航海の途中で海に投げ出されて漂流するクリティーロは、セント・ヘレナ島でひとりの若者に救助されるが、野獣に育てられたその若者は人語を解さない。クリティーロは彼に言葉を教え、アンドレニオと名付ける。やがて二人は島に寄港した船に助け出されて旅に出る。その旅とは……現実のルートとしては、スペイン、フランスを通過し、アルプス経由で最終地のローマをめざす。だがそれは同時に、さまざまな象徴的な場所を巡る寓意旅行でもある。旅の途中で二人は実は親子であることが判明する。父と子は、あるいは〈まやかし殿〉、〈悟り殿〉といった寓意的人物と出会い、あるいはアルゴスやサテュロスのような神話上の人物の話に耳を傾け、議論をかわす。こうして二人はこの世の定めや人の性根について理解を深め、真実を見る眼を養い、最後は《不死の島》に入ることを許されるのだ。

グラシアンは、ケベードと並ぶ奇知主義の文体の達人だ。掛詞、対句、倒置などの技法を駆使し、しかもテクスト各所にギリシャ・ラテンの古典への言及がある。知的企みが縦横無尽に張り巡らされた、まさに黄金世紀の爛熟の果実だと言えるだろう。

3　演　劇

演劇は、王侯貴族から庶民に至るまで、この時代の幅広い層の人々の心をとらえた。もともと芝居は、王侯貴族の館や市中の広場に臨時に設営された舞台で上演されていたのだが、やがて仮設の劇場が登場する。これは旅籠や集合住宅の中庭部分を利用し、地面を庶民用の平土間席に仕

図1　スペイン、アルマグロにある1628年建造の劇場

立て、中庭の壁の一辺に舞台を設置し、残りの三辺の壁のバルコニーを富裕層向けの客席として利用する構造だった。この構造はやがて建造される劇場専門の建物にも引き継がれる。ラ・マンチャ地方の町アルマグロには、一六二八年建造の芝居小屋がある（図1）。一六二八年といえば、エラウソがちょうどスペインに帰国していた時期だ。この劇場は今でも現役で、毎年ここを会場として古典演劇フェスティバルが開催され、日本の劇団が出演したこともある。

十六世紀半ばにはロペ・デ・ルエダ（一五〇五頃～一五六五年）によってイタリアの劇が移植され、演劇隆盛の下地が出来上がっていた。一五八〇年前後にはマドリードに常設の劇場ができてハード面の環境も整った。そこに登場して劇作家として獅子奮迅の大活躍をし、一説によれば生涯におよそ千八百篇もの作品を書き、スペインの国民演劇たる「コメディア」を完成させたのがロペ・デ・ベガ（一五六二～一六三五年）である。コメディアとは何か？　コメディアとは、その言葉から想像されるように喜劇だけを指すのではなく、この時代のスペインの演劇作品全般を指す。彼が「当世コメディア新作法」（一六〇九年）で述べたことをざっと要約すれば、コメディアとは題材の選択においても作劇法においても観客の興味を惹きつけ、楽しませることを重視する。古典劇の三一致の法則（一日の間に「つまり二十四時間以内に」、一か所で展開する、一つの事柄・筋を扱う）にはこだわらない。人々の関心にこたえるテーマとして名誉を扱うとよい。喜劇的要素と悲劇的要素を混ぜ合わせたほうがむしろ自然、ということであろうか。本書の第Ⅱ部第４章・第５章で扱われるコメディア『尼僧少尉』も、こうした特徴を備えていることがわかると思う。

ロペ・デ・ベガのコメディアの代表的なものを二篇紹介する。まず、『フエンテ・オベフーナ』。フエンテ・オベフーナ村の人々は、ながねん悪徳領主の非道に苦しんできたが、彼が村娘を凌辱するに及んで、ついに力をあわせて領主を殺害する。村びとたちは役人に罰せられそうになるが、最後に登場する国王の裁定により、村びとは赦免され、村に平和が戻る。次に『オルメードの騎士』。オルメードからメディーナの町に来た騎士のドン・アロンソは、ドニャ・イネスに恋をする。ところがメディーナの騎士のドン・ロドリーゴも彼女に恋心を抱いており、ふたりの騎士は恋敵となる。メディーナで開催された騎馬闘牛にふたりは出場し、ドン・ロドリーゴは落馬するが、ドン・アロンソが助け舟を出す。だがドン・ロドリーゴはそれを屈辱と受け止め、ドン・アロンソへの恨みを募らせ……

さて、黄金世紀のコメディアからは、こののち国と時代とジャンルの枠を超えて、芸術作品で繰り返し登場するようになる人物が生まれた。ドン・ファンである。

女たらしドン・ファンの原型と変貌

ドン・ファンといえば、「好色漢」とか「女たらし」とかいった意味で日常会話でもよく使われるが、この人物はもともとスペインの劇作家・修道士のティルソ・デ・モリーナ（一五七九〜一六四八年）が書いた戯曲『セビーリャの色事師と石の招客』（一六二七年）の主人公である（この作品には作者別人説もある）。ここで造形された人物像は人々に強い印象を与え、地域や時代を超えて芸術家を触発した。フランスの劇作家モリエールの『ドン・ジュアン』（一六六五年）、モーツァルトのオペラ《ドン・ジョヴァンニ》（一七八七年）、イギリスの詩人バイロンの長篇詩『ドン・ジュアン』（一八一九〜二四年）といったおびただしい数の子孫がこうして生まれ、ドン・ファンは神話的人物と化したのだ。ティルソの戯曲がどんな話なのか、まず簡単に紹介しよう。

セビーリャの名門の子息ドン・ファンは、作中で都合四人の女性を征服する（うちひとりは未遂）。ナポリの宮廷では婚約者になりすまして女公爵イサベラと一夜を過ごし、そこから逃れて漂着したスペインはタラゴナの海辺で漁師の娘ティスベアに命を救われ、甘い言葉で彼女を口説き落とす。故郷に帰ると友人のマントを借りて本人を装い、友人の婚約者ドニャ・アナの家に入り込むが、嘘がばれて騒がれる。悲鳴を聞いて駆けつけたのが、ドニャ・アナの父親、騎士団長のドン・ゴンサーロ。ドン・ファンは剣を交えてこの老騎士を刺し殺し、逃亡する。次いである村の結婚式に飛び入りで参加し、他ならぬ花嫁アミンタに言い寄って思いを遂げる。こうしてみると、四人の女性のうち二人が貴族、二人が平民で、ドン・ファンは相手の身分に応じて攻略の手口を変えているのが分かる。すなわち、平民の娘に対しては結婚を餌にして口説き、貴族の娘に対しては婚約者になりすまして騙すという手段に訴えるのだ。主人公の逃げ足は疾風のように速く、宮廷から海辺へ、都市から農村へと舞台は目まぐるしく転換する。さて、劇もいよいよ大詰め。あるときドン・ファンはセビーリャの教会の墓地で、自分が殺したドン・ゴンサーロの石像を見つけ、侮辱したあげく夕食に招待する。あろうことか石像は本当にやって来て、今度は逆にドン・ファンを墓地での宴に招く。翌日の晩、主人公は大胆にもそこへ出かけ、サソリとマムシの料理を供された後、石像の「これこそ神罰である。蒔いた種は刈り取らねばならん」（岩根圀和訳）という言葉とともに業火に焼かれ、告解をする間もなく地獄へ連れ去られる。ここで幕となる。

劇が進む間、ドン・ファンは従者のカタリノンなど周囲の人々から何度も諌められ、あの世で報いを受けるぞと諭されるが、そのたびに「何と気長な執行猶予！」と応じて、てんから気にする様子もない。自分はまだ若い盛りなのだから悔い改めるのはずっと先でよい、今はこの世の快楽を享受しよう、と高をくくっているのだ。作者は人々のこうした享楽主義を戒め、一刻も早い悔悛を勧めている。本作の根底をなすのは教訓的意図である。ティルソのドン・フアンは、悪徳の道を突き進んで身を滅ぼす悪い見本であった。それでも人々は、彼の巧妙な詐術や旺盛な活力には驚嘆を覚えざるを得なかったろう。時代は下り、十九世紀のロマン派の手でドン・フアン像は変貌を遂げる。理想的な女性のあくなき探求者とか、神や社会の秩序に対する反逆児とか、肯定的なイメージに包まれるようになるのだ。スペインの劇作家ホセ・ソリーリャ（一八一七〜九三年）の『ドン・フアン・テノーリオ』（一八四四年）では、ドン・フアンが地獄へ連行されそうになったまさにそのとき、ドニャ・イネス（主人公の恋人で、すでに亡くなっている）の魂が出現してこれを制し、二人の霊魂は炎となって楽の音の中を天へと昇ってゆく。ドン・フアンの魂は恋人の愛の力で救われるのだ。ちなみに、ソリーリャの本作は、日本でいえば忠臣蔵のような定番の地位を獲得・保持している人気作で、現在でも毎年、諸聖人の日（十一月一日）にスペイン各地で上演されている。

演劇の項目の最後に、ロペ・デ・ベガ、ティルソ・デ・モリーナと並んで黄金世紀の三大劇作家に数えられるカルデロン・デ・ラ・バルカ（一六〇〇〜八一年）を紹介する。黄金世紀の晩期を飾るバロック演劇の巨星だ。代表作『人生は夢』（一六三六年）の粗筋をできるだけ簡単に述べる。父王バシリオは、生まれたばかりの王子が将来は王位簒奪者になるだろうという占星術の予言を信じ、彼を山奥の洞窟に幽閉する。だが王子が成長した時、王は我が子が予言のとおりの人物なのかどうか確かめようと、薬酒を飲ませて眠らせ、王宮に連れてくる。眠りから覚めた王子は、状況がわからず混乱のあまり暴虐な振舞いに及んでしまい、その結果、王は彼をふたたび薬で眠らせて洞窟に戻す。そうすれば目覚めた時に一切が夢の中での出来事だったと思えるだろうから……　再度眠りから覚めた王子が述懐して述べるせりふはあまりに有名だ――「人生とは何だ？狂乱だ。人の世とは何だ？　幻想だ、影だ、まやかしだ。この上ない幸せも取るに足らない。すべて人生は夢だ、夢は所詮は夢に過ぎないのだ」（岩根圀和訳）。やがて王子は葛藤の末、人の世の栄華が夢のごとくはかないのであればこそ、現世において寛容の精神を持ち、善行を積むことが大切なのだと悟るのだ。

また、当時のスペインならではの演劇に聖体神秘劇がある。聖体祭の日に屋外の山車の上で演じられ、たとえば〈神秘〉や〈美徳〉などの寓意的人物が登場して聖体の神秘を賛美する一幕劇だ。このジャンルは、神学上のテーマを格調高い文体で謳いあげるカルデロンの独壇場であった。

4　詩

ルネッサンス期を代表する詩人として、ガルシラソ・デ・ラ・ベガ（一五〇一頃～三六年）を挙げよう。本章ですでに紹介した年代記作家インカ・ガルシラソ・デ・ラ・ベガと同じ名門一族の出身である。若くしてカルロス一世に仕え、豊かな人文学の教養を備えた廷臣であると同時に、勇敢な武人でもあったが、南仏の要塞を攻略する戦いで命を落とした。主な作品は、およそ四十篇のソネット（十四行詩）や三部からなる「牧歌《エグロガ》」で、イタリア・ルネッサンス詩の形式とテーマをスペイン語の抒情詩に移植し、清新な詩文で謳いあげる。古代ローマのウェルギリウスに倣った「牧歌」の第一部では、田園に暮らす牧人に仮託して、憧れの女性への届かぬ思いを詠んだ。

同じくルネッサンス期の詩人には、アウグスティヌス修道会士でサラマンカ大学教授だったフライ・ルイス・デ・レオン（一五二七〜九一年）がいる。名詩として知られる「静かな夜」では、虚飾を排した表現で、星辰の運行や天界の美しい調和を前にした感慨を謳う。

バロック期を代表する詩人といえば、ルイス・デ・ゴンゴラ（一五六一〜一六二七年）であることは論を俟たない。代表作は、一六一二年から一四年にかけて執筆された長篇詩の『ポリフェーモとガラテーアの物語』と『孤独』。教養語や倒置構文、意表を突く隠喩、ギリシア・ローマ神話などが多用され、音楽性と色彩感に富んだ絢爛たる詩的世界が築かれている。一行一行が暗号で綴られたような難解な詩文は、当時の文学者たちの間に賛否両論が相半ばする大論争を巻き起こした。(3) ゴンゴラのこうした文体を誇飾主義《クルテラニスモ》と呼び、前述の奇知主義と並んで、スペイン・バロック文学の大きな特徴となっている。

この項目の最後に、小説の項目ですでに取り上げたケベードのソネットを訳出・紹介したい。ケベードもゴンゴラと並ぶ優れた詩人だ（ただし、この二人は犬猿の仲だった）。一六一三年の作とされ、この詩にこめられたケベード自身の意図がどうであったかはともかく、祖国の斜陽を慨嘆する詩として広く知られている。

我が祖国の城壁を見れば、
かつては強靱でありしものも、今は崩れ、
時の流れに耐えかねて、
雄々しき姿ももはやなし。

野に出てみれば、太陽が
雪水の奔流を飲み尽くし、
山に昼間の光を遮られ、日陰で
家畜は悲痛な声を上げる。

家に帰れば、我が目に映ったのは、荒れ放題、
かつての部屋も今は瓦礫の山。
我が杖は萎え、力も失せ。

我が剣は歳月の重みに敗れ、
目にとまるものは何もなし、
死を想起させるものを除いては。

おわりに――女性の執筆活動

結びにかえて、黄金世紀の女性の執筆活動について触れることにする。この時代の女性の文筆家といえば、まずは新旧両大陸の修道女、すなわちスペインではイエズスの聖テレジア（一五一五～八二年、一六二二年に列聖）とメキシコのソル・フアナ（一六五一～九五年）を挙げることができる。イエズスの聖テレジアはカルメル修道会の改革と発展のために生涯を捧げ、各地に修道院を設立するため奔走するかたわら、『自叙伝』や、寓話の形式を借りてみずからの神秘体験を語る『霊魂の城』などを著した。一方のソル・フアナは当時のスペイン語圏最高の知性の持ち主のひとりであり、優れた詩作品を残したのみならず、女性の学ぶ権利を主張したことでも知られる。

新大陸初のフェミニスト、修道女ソル・フアナ（図2）

ラテンアメリカの多くの国々は、十六世紀初頭から十九世紀初頭にかけてスペインの統治下にあった。ほぼ三百年にわたるこの植民地時代最大の文学者が、メキシコの修道女ソル・フアナ・イネス・デ・ラ・クルスである（「ソル」は修道女の名前につける敬称。英語の「シスター」に相当する）。彼女は宗主国の文学の伝統を継いで、学識を誇示した難解な詩や戯曲を残した一方、知的な活動を男性が独占する社会に異議を唱え続け、新大陸初のフェミニスト（男女同権主義者）としても注目される。ここでは、この後の方の側面に光を当てよう。

六、七歳にして祖父の蔵書を読破して宮廷でもその神童ぶりが噂になり、十三歳のころ副王夫人に仕える侍女に迎えられる（副王とは、本国の王の代理を植民地で務める統治者のこと）。才知と美貌によって人気者になり、詩の注文も殺到するが、四年後にはそうした華やかな生活を捨てて修道院に入る。当時の女性の生きる道は限られていて、結婚して家庭のよき母の役を引き受けるのでなければ、修道女になるくらいしか選択肢はなかった。ソル・フアナは結婚には「全面的な拒絶を抱いていた」（旦敬介訳、以下も同様）し、何より学問

図２　ソル・フアナの肖像。首にロザリオをかけ、胸元には受胎告知を描いた大きなメダルをつけている。彼女の僧室には当時としては驚異的な量の蔵書があった。（ミゲル・カブレーラ画、1750 年頃）

を究めたい気持ちが強かったのだ。修道院に入ってからも詩や劇は書き続けて喝采を浴び、一六八九年には作品集『カスタリアの氾濫』がマドリードで刊行されて、名声はスペインにも轟く。しかし、ソル・フアナの活躍に眉をひそめる人は以前からいた。信仰に生きる身でこんな恋愛詩を書くなんて、ましてや女のくせに……

彼女の告解師もそんなひとりで、告解師の非難に対しソル・フアナは私信を送って抗弁し、自分の詩はお偉方に依頼されて断れずに書いたものだと釈明した上で、好きな勉強を続ける権利をこう訴える。「私的で個人的な勉強は、誰が女たちにそれを禁止したのでしょうか？女は男と同じように理性的な魂をもっていないのでしょうか？もっているのなら、女の魂もまた、私的な勉強を通じて学問による開明の恩恵に浴さないはずがあるでしょうか？」私信の少し先では、告解師の的外れな叱責に業を煮やし、こんな啖呵を切ってもいる。「私は理性の納得が得られないことを脅されて行なったり、神のために行なわないことを人間的な敬意ゆえに行なったりするような卑屈な性根の持ち主ではない」のです、と。相手が三十歳以上も年上の男性で、精神的な父たる告解師であることを考えると、この決然とした物言いには驚くばかりだ（一六八二年頃に書かれたこの手紙は、一九八〇年になって初めて発見された）。

一六九〇年、今度は彼女の著作『アテネー書簡』を無断で刊行したプエブラ市の司教が、その序文で彼女の姿勢を批判し、世俗的な文学から手を引いて神学の研究に打ち込むよう諭す（この序文は、卑怯にもソル・フィロテアという修道女の偽名を使って書かれた）。これに対しソル・

ファアナは、「ソル・フィロテアへの返信」（一六九一年執筆）を著して反論を試み、神学を究めるには他のすべての学問が必須であること、詩は聖書の中にも見出されるから、決して罪深いものではないこと、若い女性の教師役としては男性より女性の方がふさわしいから、学問のある女性の存在は大切であることなどを主張する。さらに、幼い頃から自分の知識欲がいかに強かったかを強調し、いろいろな逸話を紹介する。食べると頭が悪くなると聞いたので、好物であったチーズを口にするのをやめたこと。当時の大学は女性の入学を認めていなかったため、男装をして行かせてくれと母親にせがんだこと。ラテン語の学習に目標を設定し、期限までに目標が達成できなかったときには髪の毛をばっさり切る罰を自分に科していたこと（なぜなら、「こんなにも知識がなくて丸裸な頭が髪の毛を着ているなんて理不尽に思えたからです」）。また、修道院で読書を禁じられた三か月間は、仕方なく身の回りの物を本の代わりにし、天井の幅の遠くの方が近くより狭く見えるのはなぜか、力を加えた女の子の手を離れても独楽が回り続けるのはなぜかといった疑問の解決に頭を使い、渇きを癒したこと――。ソル・ファアナにとって知への欲求は本能であり、自分の力でどうこうできるものではないというのだ。この「返信」を綴った二年後、ソル・ファアナは貧者の救済に充てるため、手持ちの四千冊の蔵書、楽器、実験器具などをすべて手放す。そして翌年、修道誓願の更新文書に自分の血で署名し、以降知的生活を一切放棄して、残されたわずかな月日を信仰に生きる。この「回心」の理由は、必ずしも明らかではない。

黄金世紀の女性の文筆家といえば、かつては前述のイエズスの聖テレジアとソル・フアナの二人が知られたのみであったが、最近では他の女性たちにも目が向けられるようになってきた。スペイン語ならびにスペイン語圏文化の普及と振興を目的とするセルバンテス協会とスペイン国立図書館は二〇二〇年に共同で「聡明にして果敢——黄金世紀における女性と執筆行為」という展覧会を企画・開催し、前述の二人のほかに、短編小説で評判をとった小説家マリア・デ・サヤス(一五九〇～一六四七年)、劇作家アナ・カロ(一五九〇～一六四六年)、そしてカタリーナ・デ・エラウソを紹介した。興味深いことにマリア・デ・サヤスとアナ・カロは、一五九二年生まれで一六五〇年に没したエラウソと生没年がほぼ同じということになる。エラウソ自身に作家の志はなかったし、「女性たち」として括られることをエラウソ自身がどう思うのかという疑問は残るものの、現代において、エラウソという人物とその「自伝」に光が当てられ、関心が向けられるようになっていることは間違いない。

読書案内(本章で取り上げた順に列挙する。刊行年は初版時のもの)

コロンブス『コロンブス航海誌』林屋栄吉訳、岩波文庫、一九七七年
ラス・カサス『インディアスの破壊についての簡潔な報告』染田秀藤訳、岩波文庫、一九七六年
インカ・ガルラーソ・デ・ラ・ベガ『インカ皇統記』牛島信明訳、岩波文庫、二〇〇六年
作者不詳『ラサリーリョ・デ・トルメスの生涯』会田由訳、一九四一年
作者不詳「ラサリーリョ・デ・トルメスの生涯」牛島信明訳、『ピカレスク小説名作選』国書刊行会、一九九七年

ケベード「ぺてん師ドン・パブロスの生涯」竹村文彦訳、『ピカレスク小説名作選』国書刊行会、一九九七年
セルバンテス『ドン・キホーテ』全六巻、牛島信明訳、岩波文庫、二〇〇一年
セルバンテス『ドン・キホーテ』牛島信明訳、岩波少年文庫、二〇〇〇年
アベリャネーダ『贋作ドン・キホーテ』岩根圀和訳、筑摩文庫、一九九九年
セルバンテス「ガラスの学士」、『セルバンテス短編集』牛島信明訳、岩波文庫、一九八八年
バルタサール・グラシアン『人生の旅人たち――エル・クリティコン』東谷穎人訳、白水社、二〇一六年
ロペ・デ・ベガ「フエンテ・オベフーナ」佐竹謙一訳、『バロック演劇名作集』国書刊行会、一九九四年
ロペ・デ・ベガ『オルメードの騎士』長南実訳、岩波文庫、二〇〇七年
ティルソ・デ・モリーナ『セビーリャの色事師と石の招客』佐竹謙一訳、岩波文庫、二〇一四年
カルデロン・デ・ラ・バルカ「人生は夢」岩根圀和訳、『バロック演劇名作集』国書刊行会、一九九四年
ルイス・デ・ゴンゴラ『孤独』吉田彩子訳、筑摩書房、一九九九年
ソル・フアナ『知への賛歌――修道女フアナの手紙』旦敬介訳、光文社古典新訳文庫、二〇〇七年

以上のほかに、国書刊行会の『スペイン中世・黄金世紀文学選集』（全七巻）、水声社の『セルバンテス全集』（全七巻）も参照されたい。

注

（1）竹村のテクストの出典は、竹村・坂田『初歩のスペイン語（'13）』放送大学教育振興会、二〇一三年、一七三～一七五、二〇四～二〇六、二三七～二三九頁。再掲許可をくださった放送大学教育振興会にお礼申し上げます。なお、数字の表記は、放送大学の教材ではアラビア数字であったものを、本書の方針に沿って漢字表記にしました。

（2）José Maria de Heredia, «Épilogue», in Catalina de Erauso, *La Nonne Alferez*, Trad. par José Maria de Heredia, Paris: Lemerre, 1894, p.169.

（3）この段落のゴンゴラに関する解説は竹村文彦「ゴンゴラのソネットを読む」、『詩と思想』、土曜美術社出版販売、二〇二三年四月号、一三二頁より引用した。

第3章

「尼僧少尉」、あるいはカトリック帝国における貞操と征服

カタリーナ・デ・エラウソの「自伝」が照らし出すジェンダーとセクシュアリティの諸問題

La Monja Alférez, castidad y conquista en el Imperio español: cuestiones de género y sexualidad a la luz de la *Vida y sucesos* de Catalina de Erauso

棚瀬あずさ
Azusa Tanase

はじめに

『尼僧少尉の生涯と事蹟』(「自伝」)におけるカタリーナ・デ・エラウソの語りは、サン・セバスティアン・エル・アンティグオ修道院の鍵束を院長である伯母の隙をついて盗み、十二の扉をつぎつぎに開けて外の世界へと脱出した、十五歳のある夜更けから始まる。視覚に訴え、映像が鮮やかに目に浮かぶような、「自伝」のなかで最も劇場的な場面のひとつである。逃亡のなかで脱ぎ捨てられる肩衣《スカプラリオ》と修道服、そして切り落とされる髪――「伯母のもとで大切に育てられてきたのですから、いかほど美しい髪であったかわかろうというものです」――は、修道院という空間に閉じこめられた女性の抑圧された境遇を象徴しているかのように見えるかもしれない。男物

の服に身を包んだエラウソがその後アメリカ大陸へ渡り、ペルーの雇われ商人から辺境の軍人へ、そしてポトシの銀山監督へというように生業と居住地を軽やかに変え、司法の追及を巧みに逃れて、いくつもの窮地を切り抜けながら歩みを進めていくさまは、社会の束縛を振り切って、みずから決めた生き方を謳歌した痛快な人物という印象を与える。それでは、「自伝」は規範からの解放の物語として読むことができるだろうか？　これからここで提示する答えはイエスでありノーでもある。本章では、「自伝」のテクストによって照らし出されるジェンダーやセクシュアリティに関するいくつかの問題に焦点をあて、現代的な読みの可能性を検討する。

1　宙づりのセクシュアリティ——エラウソを現代の語彙で語るということ

トマス・ラカーが『セックスの発明』（一九九〇年）で描き出した身体認識の変遷の歴史によれば、中世からエラウソの生きた十七世紀までの西洋では、古代ローマの医学者ガレノス（一二九〜二一六年）の思想に基づいた、女性と男性を相容れぬ二つの種としてではなく、ひとつながりの連続のもとにみる身体観が多大な影響力を持っていた。ラカーが「ワンセックス・モデル」と呼ぶこの見方において、男女は同一の性器をもつとされる。違いはというと、男性はそれが陰茎と陰嚢として露出しているのに対して、女性はそれが体内に嵌入して膣や子宮となっているというものである。女性の身体は男性の身体の不完全で劣った形態とみなされていたが、同時に、女性の身体が不完全なのは熱量の不足のためであって、もしも何らかの理由で熱の過多が起こったり、男性のような振る舞いをしたりすれば、性器が外部に出て女が男になることもあるのだともされた。このような身体観のもとでは、男か女かというのは流動しうる可変的な要素であったが、これが十八世紀には解剖学の発展に伴って、両性を峻別される二つの種とみる「ツーセックス・モデル」に取って代わられたのだとラカーは論じる。[1]

精神医学者ロバート・ストーラーの『セックスとジェンダー』[2]（一九六八年）が発表された一九六〇年代以来、生物学的性差としてのセックスとは区別される、社会的・文化的性差としてのジェンダーという概念が、学術の領域で広く採用され、いまでは日本でも一般的に定着している。社会や文化によって構築されるジェンダーとの対比において、セックスは自然な事実であるかのような理解のもとに透明化されやすい。しかし、ジュディス・バトラーが『ジェンダー・トラブル』（一九九〇年）のなかで「セックスは、つねにすでにジェンダーなのだ」[3]と述べたように、セックスもまた科学的言説を通じて社会的に構築された概念であるということが指摘されてきた。生殖を重んじ異性愛を標準とした社会こそが、陰茎や膣などに、人間を二集団に分類して差異化するための特別な役割を与えてきたということである。そして、二十世紀の生物学研究の成果は、セックスの性差が決して単純な二元ではなく、遺伝子（性染色体）、内分泌（性腺ホルモン）、内性器、外性器、脳、第二次性徴、性行動の重層によって複合的に生じること、そして、各層における男女の二極のあいだにはグラデーションがあり、また、各層のあいだには一致が認められることが多いものの、不一致の場合もあることを明らかにしてきた。[4] この意味で、現代の知見のもとでも、女性と男性というカテゴリーは、初期近代以前とは違うかたちにおいてではあるが、実のところ容易に切り分けることのできない連続体をなしている。

社会的認知やアイデンティティを扱うジェンダーと、生物学的物質性であるセックスとが区別されたことは、規範的とされる男性や女性のあり方や振る舞いにあてはまらない人々が、他者から与えられる分類――しばしば倒錯や病のレッテルと結びつく――に抵抗してみずからを定義するための重要な理論的基礎を与えた。一九六〇年代に精神性的病理学の領域で使われはじめたトランスジェンダーという用語は、七〇年代から八〇年代にかけてのアメリカ合衆国で、典型的なジェンダー規範に順応しないさまざまな人々のアイデンティティを包含する用語として急速に広がり、九〇年代には同国の覇権に後押しされて全世界的に拡散されることになった。[5] 現在ではトランスジェンダーは、出生時に割り当てられた性別に違和感を持ち、異なる性を生きることを望む人のアイデンティティを表す言葉として扱われることが多い。男女の二元論にとらわれない性自認をもつ人を指すノンバイナリーという概念や、性自認や性的指向のあり方を問わず、習慣的にまたは折に触れて異性のものとされる服装をする人を表すトランスヴェスタイトまたはクロスドレッサーという概念も生まれた。[6] また、もともと「変態」のようなニュアンスをもつ同性愛者への蔑称であったクィアという言葉が、蔑称をあえて引きうけ差別と被差別の構造を転倒させる目的で、一九八〇年代後半から当事者によって肯定的に用いられるようになり、いまでは同性愛者だけでなく、規範的ではないとされるあらゆるセクシュアリティ（性のあり方や、性に関連する意識、行動）を生きる人たちによって、連帯し規範に抵抗するための旗印として共有されている。

このような状況のなかで、カタリーナ・デ・エラウソに関する史料については、一九九〇年代以降、やはりアメリカ合衆国の学術界に牽引されるようにして、ジェンダー／セクシュアリティ・スタディーズへ接続するかたちでの再読が進んできた。「自伝」に触れる現代の読者の多くは、上に挙げた新しい諸概念を想起するだろう。しかし、そのとき念頭に置かなければならないと思われるのは、近年のいくつかの研究においても意識されていたように、[7] エラウソという実在した人物のセクシュアリティの「真実」を探り当て、現代的な何らかのカテゴリーの先駆とみるような態度を取るのは避けるべきではないかということである。理由を二つ挙げよう。第一に、そのようなカテゴリーは、本人の選択によって自分自身のアイデンティティの支えとして用いられるべきものだからである。他者によるあてはめは、セクシュアリティの集約しきれないほどの多様性を軽んじて、新たな規範を押しつけることに繋がりかねず、倫理的に適切ではない。そして第二に、最初に記した初期近代以前の身体観が示唆しているとおり、エラウソの時代における身体やセクシュアリティをめぐるパラダイムは、現代のそれとは根本的に異なっており、したがって、現代的な枠組みを通じて解釈することのできないものだからである。歴史社会学者ジェフリー・ウィークスは、人が何者であるかの定義において性に関する事柄が中心的な位置を占めるという感覚は、[8] 十九世紀末の性科学者のあいだで現れ、二十世紀に広まった新しい創造なのだと論じている。エラウソのセクシュアリティについて、現存する文献からほぼ確かなこととして知ることができるのは、まず、女性器をもっていて、その意味において生物学的には女性に分類される身体であったようだということ、[9] そして、十七世紀のスペイン王国で男性としての境遇のもとに暮らし、身体とその境遇との不一致について、一六一七年にペルー副王領のウアマンガ市の司教の指示で産婆や医師による検査がなされるまでは周囲に悟られずにいたらしいということだけである。エラウソは自身の性をどのように認識していたか。どんな性的指向をもったか。男性としての生活を営んだことはどの程度までが内面から規定され、どの程度までが社会的利害を考慮したためであったか。これらの問いには、それを示すような史料の不在、そしてその不在の原因のひとつでもあるパラダイムの歴史的なずれのために、答えを出すことができない。[10]

「自伝」におけるエラウソは、したがって、未決定の宙づり状態にある存在として読者に提示される。だからこそ、その読みのプロセスにおいては、一種の空白との対比から照らし出されるようにして、セクシュアリティをめぐる読者の先入見や、当時のスペインと新大陸の植民地において支配的だった規範が浮き彫りになる。あとで詳述するように、エラウソが生きた社会における男らしさと女らしさや性行動に関する規範は、帝国と植民地との出会いのなかで形づくられたものだった。そのような規範は、現代の日本に生きる私たちとも決して無関係ではない。アルゼンチン出身の記号学者で「脱植民地性（decoloniality）」の理論で知られるワルテル・ミニョーロは、二〇〇九年の論文で、植民地主義を「近代の隠れた裏面」と呼んだ。十六世紀のスペインとポルトガルを中心とするアメリカ大陸の征服以来、植民地は従属し収奪されることでヨーロッパ諸国の資本主義の欠かすことのできない構成要素となり、そのようななかで生じてきた経済と政治の体制や、科学、思想が織りなす近代という前進と拡大のナラティヴは、二十一世紀においてもなお世界を制し、ヨーロッパ諸国及びアメリカ合衆国とそれ以外の地域のあいだに支配と従属の非対称な関係をながらえさせているというのがミニョーロの議論であった。[11] 征服と支配の構造において、エラウソの時代と現代は地続きである。セクシュアリティに関する規範は、その構造を反映するとともに強化するものでもあるから、当時と現代のそれのあいだに一定の繋がりを見出さないわけにはわけにはいかないのである。

2　「彼女」か「彼」か——言語・文法・ジェンダー

歴史学者のジョーン・スコットは『ジェンダーと歴史学』（一九八八年）において、「ジェンダーとは肉体的差異に意味を付与する知なのである」[12] という簡潔かつ示唆的な定義を行なっている。世界のうちには互いに異なる定まった存在があらかじめあって、その存在を人間が言葉で名づけているのではなく、人間が言葉を通じた差異の区別によって存在を構築し、それに意味を与えるのだ、世界の認識をつくるのは言語なのだというソシュール以降の構造言語学のヴィジョンは、二十世紀の諸学問に多大な影響をもたらした。上に記したジェンダーやセクシュアリティをめぐるこれまでの議論も、この文脈のなかにある。言語や文法のあり方は、カタリーナ・デ・エラウソに関するテクストを読み、またエラウソについて語るさいに私たちが直面する根本的な問題のひとつだろう。

ラテン語から派生したロマンス諸語のひとつであるスペイン語においては、無生物を指し示すものを含むすべての名詞が、男性名詞と女性名詞のいずれかに分類される。人間や動物などの場合、名詞の性は生物学的な性別に対応するものとされるが、無生物名詞の場合の分類は恣意的である。語尾のかたちによる傾向はあり、例えば、oで終わる名詞は男性名詞、aで終わる名詞は女性名詞であることが多い。名詞の性に応じて、冠詞や形容詞のかたちも男性形または女性形に変化する。人間や動物の集団は、構成個体すべてが女性である場合にのみ女性複数名詞によって名指され、男性が一個体でも含まれれば男性複数名詞によって名指される。[13]

文法上の性のことを、英語ではジェンダーという。社会的・文化的に与えられた性差という意味でのジェンダーという用語は、言語において性が恣意的にわりあてられることからの連想のなかで、文法用語からの借用によって生まれた。[14] わりあての恣意性という問題は、ラテン語からの派生言語のように名詞に性のある言語に限定されるものではない。フェミニズム理論家モニック・ウィティッグは、一九八四年の論文で、やはりロマンス諸語のひとつであり、文法上の性に関してスペイン語と類似した体系をもつフランス語を英語と比較しながらつぎのように述べている。

文法学者たちによれば、性のしるしは名詞にかかわるものである。彼らはそれについて機能の観点から語る。その意味を問題にすることがあったとしても、性は「架空のセックス」だといって笑いとばすだろう。だから、英語はフランス語と比べるとほとんど性の区別をもたない言語だという評判をもち、対してフランス語は性の区別を大いに伴う言語だとみなされている。たしかに、厳密にいえば、英語は無生物、つまりものや人間ではない存在には性のしるしを付与しない。だが、人称のカテゴリーに関するかぎり、英語とフランス語はともに同じ程度に性を示している。じつはいずれもが、言語のなかで存在をどちらかのセックスに区別しようとする根本的な存在論の概念にしたがっているのである。(15)

英語においても、人称代名詞は人を不可避的に「彼（he）」または「彼女（she）」のいずれかに分類してしまい、性のわりあてなしに人を名指すことができない。日本語でも、代名詞の機能がここまでに挙げた言語のそれとは異なっているとはいえ、やはり似た状況は生じる。エラウソのような宙づりの存在を二元論的な言語によって名指し語ろうとするときには、言葉のうちに何らかのひずみが生じることになる。

本書に訳出した「自伝」には、冒頭の一文にすでに、文法上の性をめぐる緊張がみられる。「私、カタリーナ・デ・エラウソ少尉は、ミゲル・デ・エラウソ隊長とマリア・ペレス・デ・ガラルガ・イ・アルセの娘として、ギプスコア県サン・セバスティアンに生まれました」と本書では訳されてい

章	男性形	女性形
1（スペイン）	3	4
2（インディアス）	5	1
3（サニャ、トルヒーリョ）	4	1
4（リマ）	2	0
5（チリ）	4	0
6（チリ）	1	2
7（アンデス）	1	8
8（ポトシ）	5	0
9（チャルカス、コチャバンバ）	3	0
10（コチャバンバ）	2	2
11（ミスケ、リマ）	0	2
12（クスコ）	4	1
13（ワンカベリカ）	4	1
14（ウアマンガ）	2	4
15（リマ）	0	5
16（ヨーロッパ）	3	6
合計	43	37

「自伝」におけるエラウソを指し示す文法上の性の分布（マルティネス作成）

るが、ここでは男性単数形の定冠詞のついた男性名詞「少尉（alférez）」と、女性名詞である「娘（hija）」（息子はhijo）が、補語として結びつけられているのである。[16] 本書における翻訳の底本の編者であるミゲル・マルティネスは、同テクストでエラウソが指し示されるさいに、名詞や形容詞の用法において文法的な性のしるしがどのように現れているかを調べ、表にまとめた。[17] 男性扱いなのは四十三箇所、女性扱いなのは三十七箇所で、全編を通して両性の用法が共存している。形容詞のかたちが男性形になったり女性形になったりしているのは興味深い。例えば第14章では、銃での争いの場面で「おかげで心強く（me hallé valido）」（傍線は筆者）に男性形が用いられるが、そのあとの司教館での場面では「私の逮捕（llevarme presa）」を主張する地方長官《コレヒドール》」に女性形が用いられる。目を引くのは、第7章の、アンデス山脈で遭難したエラウソが初めて涙を流す場面における女性形の形容詞の多用である。

独り（sola）になってからは、進む道もわからずどこへ向かっているのか見当もつかず、さらに困難を極めました。半月ののち、あまりに疲労困憊し（cansada）、悲嘆に暮れ（afligida）、足の痛みもひどい（lastimada）ので――馬を屠ってからは徒歩となったので、靴が破れてしまい、裸足（descalza）だったのです――木にもたれて泣きました。

マルティネスの考察によれば、この言葉遣いは、「か弱い性」である女性に特有のものとみなされていた感受性の豊かさについての当時の読者の期待に応えようとするものかもしれないという。しかし彼は、一連の語法を総覧した結論として、そこには語られている内容との関わりにおける明確な規則性が見つからないのだと述べている。(18)「自伝」の語法は、エラウソ自身の言葉遣いではない。本書第I部後半の「『自伝』成立の経緯」に詳しく記してあるとおり、テクストの成立にエラウソが関わった可能性も否定されてはいないが、確実なのは、手稿の書き手であるセビーリャの匿名編者と、そのもとになったセビーリャ通商院の警吏長ドミンゴ・デ・ウルビスが所有していた手記の書き手が介在しているということのみである。そこでの語法のゆらぎは、エラウソをめぐって当時の複数の書き手のあいだに生じた戸惑いを映し、性の決定をつきつける言語によって未決定の人物を表象することの限界を露わにしている。

3 「尼僧少尉」は秩序を攪乱するか——十七世紀スペインにおけるジェンダー規範

「尼僧少尉」（Monja Alférez）というのは、エラウソを題材に書かれた一六二六年初演の戯曲の表題とされて以来、現在までエラウソについてくり返し用いられてきた呼び名である。[19] ここからは、女性名詞「尼僧／修道女（monja）」と男性名詞「少尉（alférez）」の文法的には緊張した結びあいのうちに、当時のスペイン社会で国家のあり方と支配階級のイデオロギーに基づいて形成された、女らしさと男らしさの相補的な規範が映し出されていることを論じていく。エラウソの生きた社会とはすなわち、宗教改革に対するカトリック教会の自己批判的な応答として伝統的なキリスト教の教義が再確認されたトリエント公会議（一五四五〜六三年）のあとの、王権がカトリックと相携えて野心的に版図を広げたスペイン帝国最盛期の社会である。

当時の理想的な女性像には、キリスト教的な規範の影響がやはり色濃い。初期キリスト教の教父たちが唱えた思想においては、性行為は夫婦間における生殖を目的としたものだけが容認され、処女や童貞であることには霊的な価値が置かれた。完全なる人間のあり方としての処女と童貞というこの伝統的な考えは、トリエント公会議において正統性を与えられたために、対抗宗教改革の運動が盛んであったスペインであらためて広く共有されることになった。[20]「自伝」において、エラウソが処女であったことにウアマンガの司教が「心を動かされ」、その告白を信用する根拠としたのは、以上のことを背景としている。「処女膜は、エラウソが生涯で行なったほかのどんな所業によっても損なわれることのない内面の美徳を意味するに至った」[21]のである。

ただし、十七世紀のスペインで処女性が重視されたことの背景には、宗教的な要請だけでなく、社会的な事情も絡んでいたと思われる。ジョーン・ケリー゠ガドルは記念碑的な論文「女性たちにルネサンスはあったか」（一九七七年）において、中世から初期近代への移行期の文学における女性表象を分析しながら、当時の社会秩序と女性の役割の変遷に関する見取り図を提示した[22]。女性の歴史的経験はしばしば男性のそれとは異なるのだということを強調した彼女の問いはいまなお大きな意味を持っており、そこに描かれた見取り図は、西欧の過去のジェンダー規範についての理解を助けてくれる。それによると、中世には、主従関係に依拠する封建制の価値観と結びついた宮廷風恋愛という文学的モチーフのなかで、貴族の女性には婚外の性愛の楽しみが許容されていたが、十四世紀以降、君主が国家の統一と中央集権化を進めるようになると、貴族階級の利害のために、女性にはもっぱら貞操と母性が求められるようになったのだという。

ケリー゠ガドルの議論をもう少し詳しく辿ってみよう。中世の封建制において、権力は領地の所有に結びつけられていた。家父長制のもとではあるが、女性による領地の相続や管理も認められており、そのことは諸侯にとって有利にはたらいた。戦士である夫が不在の間には、女性が領地を管理することもあり、特に十字軍遠征の時代の女性の活躍は顕著だった。家名の維持のためには妻の支援や相続権が必要とされたので、夫たちにとって、領地が安泰であることは、息子が嫡出子であることよりも重要なことだった。婚外の性愛をうたう宮廷風恋愛のモチーフは、このような社会においてだからこそ受け入れられたのだった。しかし、ルネサンス期以降には状況が変化する。まず、新興のブルジョワの男女分業観——男性が公的領域を担い、女性は家庭で私的領域を担う——が、貴族にまで浸透してきた。さらに、封建的な諸権力の独立性が失われ、貴族が国王の支配のもとに仕えるようになったことで、貴族にとっては、地位の維持のため、嫡出、つまり血統の正統性が重要な意味をもちはじめる。そこで、女性の身体を管理する必要が生じたのである。初期資本主義と中央集権体制は、女性を二重に、つまり夫と国家の両方に、従属した存在にした。ダンテにおけるベアトリーチェやペトラルカにおけるラウラの姿に代表されるように、このころの詩人が描いた恋い慕う貴婦人は、肉体をもたぬ観念に近かった。ケリー＝ガドルによる以上のような見方は、主にイタリアやフランスを扱った考察に基づいているので、スペインの歴史的文脈のうちにすべてを適用できるわけではないことには注意が必要である。とはいえ、十七世紀のスペインにおいても、王を頂点とする階層的な秩序のなかで、女性の身体への支配が深まっていたことは確かであろう。

このような社会において、女性の生きる道は限られている。貴族階級の女性は、親が結婚持参金を十分に用意できなければ、修道女となるのが一般的だった。修道女は既婚女性と同等の社会的地位を享受することができ、また、修道院に入るための持参金は良い婚姻関係を結ぶための持参金の額よりは少なく済んだためである。貴族の血筋に生まれたエラウソには、マリアナ、マリ・フアン、イサベル、ハシンタという四人の姉妹がいたが、結婚したのはマリアナだけで、残りの三人は修道院で生涯を過ごした。身分の低い女性の場合、修道院への持参金を用意することも難しかったので、人生の選択肢はいっそう少なかった。独身のまま教師、娼婦、治療師、魔術師、縫物師、露天商などとして生計を立てる女性もいたが、一般的に、妻でも修道女でもない女性は非難や監視の的となった。[23] そんななか、エラウソは男性として生きるというめずらしい道を選んだわけだが、マルティネスが指摘しているように、当時の認識において、女が男とみなされるようになるというのは、結婚するとか修道女になるといった地位の変化と質的に大きな違いはなかった。[24] なぜなら、ワンセックス・モデルの性別観のもとにおいて、男女の違いは本質に異なる種というよりもひとつの社会的な属性だったからである。衣服は属性を示すしるしのひとつだった。修道服を身につければ社会的に修道女だと認められる、それと同じように、エラウソは男物の服を身につけて男性になった。

では、当時の男らしさの規範とはどのようなものだったか。それはなによりも、戦争、つまり暴力を通じた国家への奉仕である。男性性の理論家として知られる社会学者レイウィン・コネルは、十六世紀以降のヨーロッパ諸国の帝国主義を、現代にも繋がる男性性のあり方に結びつけながら、つぎのように指摘している。

大西洋沿岸諸国（ポルトガルとスペイン、次いでオランダ、イングランド、フランス）による最初の海外帝国の建設は、軍務と海洋貿易という男性の独占する職業から派生した、はじめからジェンダー化された事業だった。おそらく、現代的な意味で「男性的」な文化の型として区分され、定義されるようになった最初の集団は、征服者《コンキスタドール》たちであった。(25)

十六世紀以降、国家の構造はヨーロッパ域内における戦争を通じてさらに強化され、男性の権力を大規模に制度化した。軍隊は国家機構の欠くことのできない構成要素となり、軍事的功績が男性らしさの構築において避けられない問題となった。(26)

フランシスコ・ピサロの率いる勢力によってインカ帝国が滅ぼされたあと、その地を中心に設置されたペルー副王領は、トルデシリャス条約（一四九四年）によって定められた南アメリカのスペイン勢力範囲すべて、つまり現在のブラジルを除く南アメリカ全体を治めるものとされたが、十七世紀初頭にも実効支配の及ばない地域は残されていた。エラウソが兵士として携わったのは、キリスト教化を大義名分にした、そのような地域の征服事業である。チリの中部と南部では、先住民のアラウコ人が十六世紀半ばから十九世紀に至るまで約三百年のあいだ征服に抵抗し、断続的な戦争状態を続けた。エラウソは、同地における多くのスペイン人兵士と同じように、そうした先住民のゲリラ攻撃から砦や前哨基地を守る任務に就いた。少尉の階位を与えられたのは、「自伝」の第5章にあるように、バルディビアの平原における先住民部隊との衝突において、傷を負いながらも奪われた軍旗を敵の首長から取り戻したことを評価されてのことである。第11章には、一六一五年にオランダのヨリス・ファン・スピルベルゲン率いる戦艦部隊がリマを砲撃したさいに旗艦に乗って出撃し、味方のほとんどが命を失ったなかで生還したことも語られている。大胆不敵な戦いぶり、戦況を巧みにくぐりぬける判断力、斃れることのない強靱な生命力は、当時の男性観における理想的な性質だった。

「自伝」のエラウソは、刃傷沙汰をこれでもかというほどくり返して、相手を容赦なく殺傷し、自身も怪我を負いながら何度も復活する。侮辱と即座の反論、武器による応戦というかたちを取った、このような名誉の口実のもとでの肉体的な争いにおいて、「エラウソは、レコンキスタ後のスペインではいくぶん時代錯誤的ではあったが、新大陸の辺境の入植地には非常にふさわしいと思われていた戦士の気質《エートス》を演じてみせた」のだとメアリー・エリザベス・ペリーは評している。(27) 敵対する先住民の隊長を戦場でただちに縛り首にするエピソードには残虐性もかいまみえるが、これに類する残忍さがアメリカ大陸におけるスペインの征服事業のなかでどれほど蔓延していたか、征服者《コンキスタドール》たちが先住民に対してどれほどの殺戮と搾取を行なったかは、バルトロメ・デ・ラス・カサスの『インディアスの破壊についての簡潔な報告』（一五五二年）にも記されてよく知られているとおりである。

つまり、神に仕える処女でありながら、戦勲によって王に奉仕する軍人でもある尼僧少尉エラウソは、カトリック帝国スペインにおける理想的な女らしさと男らしさのジェンダー規範を、一身においてともに体現しているのである。ここで冒頭の、「自伝」は規範からの解放の物語として読むことができるかという問いに立ち返ってみよう。女性から男性に転身するというたぐいまれなことをやってのける勇気をもち、女性の身体の持ち主にとっての規範的行動の範疇の外にあるいくつもの事業に従事した。この意味で、エラウソはたしかにひとつの解放のシンボルである。しかしエラウソは、男らしさと女らしさの境界を横断はしたが、境界線をあいまいにして秩序を攪乱することはなかった。男性的な身体の記号——衣服、平らな胸——をまとい、女性の身体をもつことを誰にも気づかれることなく、新大陸のスペイン人男性にふさわしい振る舞いをした。貞操と征服の幸福な結合であるその姿は、当時の国家や社会、経済のあり方を可能にしていたジェンダー規範をあらためて確認し、補強するものでもある。

おわりに

エラウソによるジェンダー規範の侵犯は、構造そのものを転覆しないという点において限界を含んでいるが、そうしてむしろ照らし出される当時の規範について考えることは、現代における性別に応じた規範や社会的役割について批判的に検討するうえでも意味がある。当時の男らしさや女らしさは、誇張された異質なものに見えるかもしれない。だが、私たちはそれらが構成要素となって形づくられた世界の体制を継承しているのであり、したがって、私たちに課せられた規範には、エラウソの時代のそれの名残がかならず見つかるのである。

すでに述べたように、パラダイムの異なる過去の時代におけるセクシュアリティについて、現代的な語彙を用いて語ることは難しい。しかし、ウィークスはそのような試みについて、それが陥りやすい罠に警鐘を鳴らしながらも、ありうる方向性を指し示している。「断片化した歴史の中で現代のアイデンティティの先駆者を探すという実りのない探索の代わりに、私たちは根本的に異なりながらも感情的に近い人々との同一化を正しく求めることができる」。それは、過去の性的カテゴリーから取り残された生活やテクスト、その他の文化的現象と、現在の性的カテゴリーから取り残された人々とのあいだに、時を超えた結びつきを作ることとなのだと彼は述べる。[28] もしもトリックスターのようなエラウソの物語に一種の共感を覚えたならば、そこではついに成し遂げられなかった規範の解体を、自分たちの時代において引き受けていくべきなのは、この文章を読む現代の読者である。

注

（1）トマス・ラカー『セックスの発明——性差の観念史と解剖学のアポリア』高井宏子・細谷等訳、工作舎、一九九八年。

（2）邦訳の表題は『性と性別』（桑畑勇吉訳、岩崎学術出版社、一九七三年）である。

（3）ジュディス・バトラー『ジェンダー・トラブル——フェミニズムとアイデンティティの攪乱』竹村和子訳、青土社、二〇一八年、二九頁。

（4）上野千鶴子「ジェンダー概念の意義と効果」『学術の動向』第一一巻第一一号、二〇〇六年、二八頁。

（5）スーザン・ストライカー「『トランスジェンダー』の旅路」山田秀頌訳、『ジェンダー研究』第二三号、二〇二〇年、九―一一頁。

（6）トランスヴェスタイトという用語は、性科学者マグヌス・ヒルシュフェルトが一九一〇年に提唱したものだが、医学の領域で病理化され、「倒錯」や「異常」のニュアンスを伴って用いられることも多かったので、クロスドレッサーという用語をより中立的であるとして好む人も多い。

（7）Perry, Marry Elizabeth, From Convent to Battlefield: Cross-Dressing and Gendering the Self in the New World of Imperial Spain, Josiah Blackmore and Gregory S. Hutcheson (eds.), *Queer Iberia: Sexualities, Cultures, and Crossings from the Middle Ages to the Renaissance*, New York: Duke University Press, 1999, p. 396; Goldmark, Matthew, Reading Habits: Catalina de Erauso and the Subjects of Early Modern Spanish Gender and Sexuality, *Colonial Latin American Review*, 24(2), 2015, p. 216; Stinnett, Jason, New World Masculinity: The Lieutenant Nun—Hyperbole or Reality?, Confluencia, 35(1), 2019, p. 3.

（8）ジェフリー・ウィークス『セクシュアリティの歴史』赤川学監訳、武内今日子・服部恵典・藤本篤二郎訳、筑摩書房、二〇二四年、五五―六一頁。

（9）乳房については、若いときに特殊な膏薬で萎ませたのだとエラウソ本人が語ったという証言がある（本書第I部「『自伝』成立の経緯」参照）。女性器をもつのなら月経もあった可能性があるが、その対処について手がかりとなる史料は見つかっていない。

（10）「自伝」には、エラウソと他の女性のあいだの親密な関係を仄めかすような記述がいくつか見られ（第4章のファン・デ・ウルキサの義妹との戯れ、第5章の兄ミゲルの想い人との関係、第7章のメスティサの娘との婚約、第10章のマリア・デ・ウリョアとの関係）、そのことが物語の緊張感を高めているのは確かだが、それらの記述から実際のエラウソが女性に性的欲望を抱く同性愛者であったと断定するのは難しい。なお、スペインでは一四九七年、カトリック両王イサベルとフェルナンドが発布したソドミーに対する勅令によって、同性間での性行為という宗教上の自然に対する罪が、異端や反逆と同等の重大な犯罪に位置づけられ、火あぶりの刑に処することとされた。ただし当時、性的関係は陰茎の介在なしに成立することはないものと考えられていたため、レズビアンにはあまり関心が払われておらず、有罪判決を受けた場合にも死刑を免れていたようである。十六世紀の理論家には、女性どうしの行為は精液を無駄にすることがないので、男性どうしの行為よりも罪を軽くするべきだと論じる者や、男性器型の道具を使った場合には死刑に処すべきだと論じる者もいた（Mendieta, Eva, In Search of Catalina de Erauso: The National and Sexual Identity of the Lieutenant Nun, Reno, NV: Center for Basque Studies, University of Nevada, 2009, pp. 176-184）。

（11）Mignolo, Walter D., La colonialidad : la cara oculta de la modernidad, en Museu d'Art Contemporani de Barcelona (ed.), *Modernologías. Artistas contemporáneos investigan la modernidad y el modernismo*, Barcelona: Museu d'Art Contemporani de Barcelona, 2009, pp. 39-49.

（12）ジョーン・W・スコット『ジェンダーと歴史学』荻野美穂訳、平凡社、一九九二年、一六頁。

（13）これは、名詞や形容詞について、男性形は無標（一般性をもつ形式）、女性形は有標（特殊な形式）とされているためである。性別二元論的かつ家父長的なこの言語のあり方には、近年さまざまな見直しの方法が提唱されている。例えば、伝統的には男性複数名詞で表されてきた男女の集団については、女性複数名詞と男性複数名詞を重ねたり――「女性下院議員たちと男性下院議員たち（diputadas y diputados）」――、集合名詞で言い換えたりすることで――「市民たち（ciudadanos）」を集合的な「市民（ciudadanía）」にするなど――、女性やノンバイナリーの存在に配慮するやり方がよく見られる。また、名詞の語尾のaとoを、両方の形象を含む@や、非決定性を表すeやxに入れ替えることで、ジェンダー中立な言葉遣いにする試みもある。ただし、スペイン語の文法規則の裁定機関であるスペイン王立学士院（Real Academia Española）は、いまでも男性形の無標性を認める立場を取っており、とりわけ@、e、xを語尾に用いた言葉の改変には否定的である。二〇一八年に、当時の学士院長ダリオ・ビリャヌエバが『エル・パイス』紙のインタビューに答えて「問題なのは文法をマチスモと混同することだ」と発言したことは、包括的な言語の使用を支持する立場からの批判を受けた。

（14）Scott, Joan W., Gender: A Useful Category of Historical Analysis, *American Historical Review*, 91(5), 1986, pp. 1053-54.

（15）Wittig, Monique, The Mark of Gender, *Feminist Issues*, 5(2), 1985, p. 5.

（16）原文は、"Nací yo, el alférez Catalina de Erauso, hija del capitán Miguel de Erauso y de María Pérez de Galarraga y Arce, natural de la villa de San Sebastián, provincia de Guipúzcoa" である。

（17）Martínez, Miguel, Introducción, en Catalina de Erauso, *Vida y sucesos de la Monja Alférez*, Barcelona: Castalia, 2021, p. 58.

（18）Martínez, ibid., p. 58-59.

（19）戯曲『尼僧少尉』の作者については、フアン・ペレス・デ・モンタルバンとする説と、フアン・ルイス・デ・アラルコンとする説がある。詳しくは、本書第II部第4章・第5章を参照のこと。

（20）Mendieta, Eva, op. cit., pp. 175-176.

（21）Perry, op. cit., p. 406.

（22）Kelly-Gadol, Joan, Did Women Have a Renaissance?, in Renate Bridenthal and Claudia Koonz (eds.), *Becoming Visible: Women in European History*, Boston: Houghton Mifflin, 1977. エバ・メンディエタもケリー＝ガドルの議論に基づいてエラウソを論じている（Mendieta, op. cit., pp. 151-155）。

(23) Mendieta, op. cit., pp. 155-158. なお、メンディエタは、インディアスではイベリア半島においてよりも独身女性や内縁関係の存在が一般的であり、また、女性の携わる経済活動の幅も広かったのだと述べている。女性は農業や畜産業に従事して地所を管理したり、エラウソのように商店や卸売業者として働いたりした。植民者、総督、探検家、兵士として活動した女性に言及している史料もある（Ibid., pp. 160-161）。
(24) Martínez, op. cit., pp. 56-57.
(25) Connell, Raewyn W., The Big Picture: Masculinities in Recent World History, *Theory and Society*, 22(5), 1993, p. 6
(26) Connell, ibid., p. 608.
(27) Perry, op. cit., p. 401.
(28) ウィークス、前掲書、一一五頁。

第4章
スペイン黄金世紀の演劇における男装の女性と演劇作品《コメディア》
『尼僧少尉』にみるカタリーナ・デ・エラウソの表象

La mujer vestida de hombre en el teatro español del Siglo de Oro y la representación de Catalina de Erauso en la comedia de la *Monja Alférez*

田邊まどか
Madoka Tanabe

はじめに

本書に訳出された『尼僧少尉の生涯と事蹟』（「自伝」）に見られるように、カタリーナ・デ・エラウソの生涯は驚くべき出来事の連続であった。そのなかでも驚くべきことの一つが、何度も官憲に捕らわれ、死刑まで宣告されたこの人物が、女性であることを明かすことで死刑を免れただけでなく、多くの人から好意的に受け入れられたことであろう。

しかし、ある文化のなかで何かが受け入れられるとき、それを解釈し文化の体系のなかに位置付けるようなコードがあるはずである。本稿では、エラウソの生きた十六世紀末から十七世紀前半のスペインの文化のなかにあった類型の一つとして、文学作品に見られる男装の女性を手掛かりとする。エラウソを女性と呼ぶことや、その性自認について推測したり論じたりすることには慎重にならなくてはならない。ただ、身体の性と性自認や性別表現を区別する概念がなかった時代に、エラウソという人物を理解しようとしたとき、この人を当てはめるための類型として想起されたのが男装の女性であったと仮定して、論考を始めたい。

そのため、本稿ではまず、この類型の特徴を知るために、この時代の演劇作品《コメディア》のなかに現れる男装の女性という役柄について見る。(1) そして後半では、その類型がエラウソという現実の人物の表象にどのように影響したかを見るために、その半生を紹介したジャーナリズム的出版物や、エラウソをモデルにして一六二六年に執筆されたコメディア『尼僧少尉』といった同時代の文書を分析する。これらに見られるエラウソの表象には、程度の差はあれ文学的類型が用いられているが、それと同時に類型に収まりきらないものがあることを見ていきたい。

1　スペイン黄金世紀の演劇と男装の女性

スペイン文学史において十六〜十七世紀は黄金時代と呼ばれ、小説、詩、演劇などのあらゆるジャンルが花開いた時期である。そのなかで特に演劇は、十六世紀の後半からマドリードやセビーリャといった大都市に常設の劇場が建てられるようになり、識字率の高くない社会において大衆に直接訴えかけるジャンルとして都市人口の増加とともに発展していった。

その発展の最大の貢献者であり、その後のスペインの演劇の方向を決定づけたのが、ロペ・デ・ベガ（一五六二〜一六三五年）である。ロペは詩も小説も書いたが、何よりもまず、膨大な数の戯曲を執筆して上演した偉大な劇作家であり演出家であった。彼は男装の女性の流行についても重要な役割を果たしており、アルホナの研究によると、ロペによるコメディア四百六十本のうち、百十三本に男装の女性が登場する。[2]その後の研究によってこの数には修正が必要とされているが、いずれにしてもかなり大きな割合を占めることは確かである。ロペ自身もこのことを自覚しており、一六〇九年にマドリードの文人たちの集まりのために書かれた「当世コメディア新作法」という長編詩のなかで次のように言っている。「淑女たちはその名にもとらないようにしなさい。そしてもし服装を変えるとしても、許されるようなものであるように、というのも男装はとても喜ばれるものだから」。[3]この言葉が表しているように、男装の女性という役柄の人気は高かったようで、ティルソ・デ・モリーナ（一五七九〜一六四八年）、ペドロ・カルデロン・デ・ラ・バルカ（一六〇〇〜八一年）といった劇作家の作品にも登場する。

恋する女性と「もつれた劇」

男装の女性という役柄が人気を博したのには様々な理由が考えられるが、ここではコメディアの物語としての面白さに寄与したという面に注目したい。コメディアのジャンルの一つに「もつれた劇」と呼ばれるものがあり、主に同時代の都市を舞台として、恋愛をめぐる誤解や人違いなどによって起こる混乱と紛糾を軽妙な調子で描く。この「もつれた劇」のなかにはしばしば男装の女性が登場して、次のような役割を果たす。その女性には愛する男性がいるが、彼が他の女性に恋していたり誤解があったりと、何らかの障害がある。そこで彼女は男装して相手の男性に近づき、機知によって困難を切り抜けて愛する男性と結婚する。このような筋のなかで、他の女性（多くは男性が恋している相手）が彼女に恋してしまうという展開もよく見られる。異性装によって起こる人違いや誤解は「もつれた劇」をより複雑にして観客を楽しませ、女優が男装を解いて美しい女性の姿に戻る終幕は彼らに大きな満足をもたらしただろう。

スペイン演劇における男装の女性についての最初のまとまった研究書を書いたブラボ゠ビリャサンテは、スペイン文学に現れる男装の女性には「恋する女性」と「英雄的な女戦士」という二つの類型があるとしている。[4]「もつれた劇」に登場する男装の女性たちは「恋する女性」に当てはまる。このような女性たちが男装するのは愛する男性のためであり、目的を果たしたあとには女性の服装に戻る。

また、恋愛を成就させるための意思の強さや積極的な行動力がこのような女性の魅力となっているのは確かだが、その動機の底には名誉という主題が流れていることも指摘しておきたい。前述の「当世コメディア新作法」のなかでロペは「最も良いのは名誉という題材です、というのも全ての人の心を動かしますから」と言っているが、[5]この言葉は、この時代のスペインの社会では名誉が重大な問題であり人々が強い関心を寄せていたことを表していると言える。その名誉には様々な形があるが、未婚の女性の名誉は何よりもまず処女性のことだった。男性が女性に結婚を約束したあとで彼女を捨てることは、実際に関係を持ったか否かにかかわらず処女性という名誉を傷つけることを意味し、これは本人の感情のみならず家族全体の社会的な地位を脅かす問題になりうる。これを回復する方法はその男性と結婚するか殺害するかである（例えばロペの代表作の一つである『フエンテ・オベフーナ』では、村娘を誘拐した領主を村人たちが殺害する）。従って、コメディアのなかで特にその女性が心変わりした男性の愛情を取り戻すために男装するとき、それは自らの名誉の回復のためでもあり、意思が強く行動的であるという一見男性的な特性は、処女性という女性的な名誉の回復のために発揮されるとも言える。

男装した女性が中心的な登場人物の一人として現れるロペの作品には、一五九九年から一六〇三年のあいだに書かれたとされる『偽物の従僕』がある。(6) このフランスを舞台にした作品は、レオナルドと美しいロサルダの恋の物語である。そのなかに登場するレオノーラという女性は実はスペイン王女で、結婚を約束しておきながら彼女を捨てたロシムンド公爵を追ってフランスに来て、男装して従僕として仕えている。そしてその才知と機転によって、レオナルドとロサルダの結婚を阻む王の計画を妨害し、二人を助けて王に結婚を認めさせて、自身もロシムンド公爵と結婚する。このレオノーラのなかに見られる機知や人を騙すことを楽しむ心、どんな困難にあたっても自分の目的を果たそうという意思の強さは、「もつれた劇」に現れる男装の女性の特徴をよく示している。

このような男装の女性という人物像は、ロペが作り出したものではない。ブラボ＝ビリャサンテはイタリア文学における源泉を追って最初の一章を当てているが、それによると、直接ではないが重要な源泉に、一五一三年にローマで初演されたビッビエーナ枢機卿の『カランドリア』がある。この作品の主人公は子供のときに生き別れになった男女の双子で、女の子は危険を避けるために男装して成長してきた。別々の場所で成長した二人が、偶然同じときにローマに滞在したため、二人の恋愛と結婚を巡って人違いと混乱が起こる。次に作者不詳の『欺かれた人々』(一五三〇年頃)には、同じく双子の一人である女性が主人公として登場し、彼女の恋愛が中心的な主題になる。この作品のなかには、スペインのコメディアで繰り返し現れる要素がすでに見られる。すなわち、女性が身元を隠して男装し、従僕として恋する男性に仕えること、その男性が恋している女性が彼女に恋してしまうこと、主人公は最後に恋する男性と結婚することである。

この『欺かれた人々』が十六世紀スペインの最も重要な劇作家であるロペ・デ・ルエダ(一五〇五?~六五年)によって翻案され、男装の女性という役柄がスペインの演劇のなかに導入された。題名はイタリア語をそのままスペイン語に移した『欺かれた人々』で、主人公の名前も同じである。筋は少し簡略化されているものの、大きな変更はない。ロペ・デ・ルエダのこの作品は一五六七年に出版された。

このような源泉をもとにして、男装の女性という役柄がロペ・デ・ベガの作品のなかで形成されていった。そして、一説には一六一五年に、「もつれた劇」の傑作の一つであるティルソ・デ・モリーナの『緑のタイツのドン・ヒル』が上演された。この作品の男装した女性主人公であるフアナには、上で述べたような特徴が現れており、さらなる変装や人違いも重なって、非常に複雑な筋が展開される。

以上のように、男装の女性という役割は筋をより込み入ったものにし、そのドタバタと鮮やかな解決が観客を喜ばせたことは想像に難くない。そして恋愛およびそこに強く結びつけられた女性の名誉という主題は、観客の強い関心を引くものであった。劇の結末で、男装していた女性は愛する男性との結婚という目的を達成し、男装を解いて女性の服装に戻る。男女の結婚という形で秩序が取り戻されたとき、登場人物も本来の服装に戻るのである。

英雄的な女戦士

ブラボ＝ビリャサンテの分類による男装の女性の二つ目のタイプは「英雄的な女戦士」と名付けられている。このタイプに属する登場人物は、女性であることを嫌い、恋をしない女性たちであり、彼女たちが男装するのは、それによって男性のような外見と振る舞いが許容されるためである。ブラボ＝ビリャサンテは古代の例として、ギリシア神話に登場するアマゾンの女性たちや、ウェルギリウスの叙事詩『アエネーイス』のカミッラを挙げる。さらに、より強い影響を与えた登場人物としてイタリアの詩人ボイアルドの叙事詩『恋するオルランド』（一四八六年）とアリオストの叙事詩『狂乱のオルランド』（一五一六および三二年）に登場するマルフィーザがいると述べる。(7) 彼女は非常に美しいが決して恋をせず、鎧を着けて戦に加わるとほとんどの男性を打ち負かしてしまう。トルクァート・タッソの叙事詩『エルサレム解放』(一五七五年)のクロリンダも同じタイプに属している。これらのイタリアの文学作品のなかでは、「女戦士」たちはあくまでも強く美しい女性として描かれており、その行動について批判的に語られることはない。

ロペの作品に目を向けると、数は少ないが「女戦士」に属する女性が登場する作品がある。その一つは一六〇三年以前に書かれた『カスティーリャの女傑』である。この物語は十二世紀初頭にあったカスティーリャ＝レオン王国とアラゴン王国の王位継承をめぐる争いを舞台にし、それに参加してアラゴン王アルフォンソ一世を捕虜にしたという伝説が伝わっているマリア・ペレス・デ・ビリャナニェが主人公である。劇の前半までマリアは狩りの女神ディアナのように美しいが恋をしない女性として描かれており、彼女が戦いを好み、男性でありたいと思っていることは、劇のなかで繰り返し語られる。同時にこの作品は「もつれた劇」の要素も含んでおり、男装したマリアが正体を隠すために様々な手を尽くす場面があり、そこにはマリアのことを男性と思い込んで家に招き入れようとする女性も登場する。そして物語が進むうちにマリアのなかに恋という感情が生まれ、最後には結婚して新しい家系の祖となる(ただし「恋する女性」たちに比べて、マリアの恋愛への反応はかなり淡泊である)。ラグレサが指摘するように、マリアは武勇と知性と道徳のすべての点で男性たちに勝る女性であり、単に男性を真似るだけではない複雑な人物となっている。[8]また、本来は弱い女性が男性のように強いという、当時の人々にとっていわば異常な状態は、最後に王によって称賛され褒賞を受けることによって認められる。

他にも、ロペにはアマゾン族の女性たちとヘラクレスなどのギリシア神話の英雄たちを主人公とした作品『男のいない女たち』がある（一六一八年以前に執筆）。この作品のなかでアマゾン族の女性たちは、本性から男性を忌避しているわけではなく、過去に男性たちに侮辱を受けたために女性だけで暮らしているとされている。そのため侵入してきた英雄たちを見た女性たちは彼らに恋をし、それぞれの相手と結婚して幕となる。ロペは、この作品を『作品集第十六』（一六二一年）に収めて出版したとき、ある女性に向けた献辞を付けたが、そのなかでアマゾン族の女性たちが恋をし、その結果男性たちに膝を屈することになったのは、女性の本性によるものだと言っている(9)。つまりロペにとって、男性を愛することが女性の本来の姿であり、男性を排除して生活していたアマゾン族の女性たちは劇の最後にその姿に戻ることになるのである。

以上のように、ロペの作品のなかには、叙事詩の伝統のなかにあった「女戦士」のタイプに属する女性が登場するものの、男性との恋愛は必ずしも否定されず、男女の結婚というコメディアの典型的な結末が訪れる。

2　「事蹟の報告書」とコメディア『尼僧少尉』

エラウソが逮捕され、ウアマンガの司教であったアグスティン・デ・カラバハルに自らの身元と生まれながらの性別を明かした一六一七年には、コメディアのなかで男装の女性という類型が完成されていたと考えられる。一度作られた類型は、人々が現実を解釈するときにそこに当てはめる型として機能する。エラウソについて書かれたジャーナリスティックな文書および文学作品には、その性質や程度は大きく異なるが、男装の女性という類型とエラウソという現実の人物のあいだの相互作用の痕跡が残されていると考えられる。

エラウソについての「事蹟の報告書」

エラウソについての最も古い資料は、一六一七年にウアマンガで作成された報告書である(現存しているのは、原本ではなくその写しである)。その翌年には、この報告書をもとにしたと思われる四ページの印刷物がセビーリャで出版された(図1)。これには「何人かの人がカルタヘナ・デ・ラス・インディアスから友人に向けてセビーリャ市とカディス市に送った手紙のうちの一つから取られた一章」(以下「手紙からの一章」)という題がつけられ、下には副題として「このなかでは男性の服を着た修道女がどのようにしてスペインとインディアスの大部分で様々な人に仕えながら過ごしたかを知らせる。また、どのようにしてチリとティポアンで兵士となったか、チリとチャンボのインディオたちと戦った五つの戦いで挙げた勇敢な行いと功績、どのようにして身元が分かり、ウアマンガ市の司教アグスティン・デ・カラバハル師に保護されたか(を知らせる)」と書かれている。[10]

このような形式の印刷物は「事蹟の報告書」と呼ばれ、十六世紀から十七世紀にかけてよく出版された。これはジャーナリズムの黎明期に属する文書で、ヨーロッパでの戦争やアメリカ大陸でのスペイン人の活動についてのみならず、大都市で行われる祭りや宗教行事、犯罪事件やスキャンダルに至るまで様々なことを伝えていた。[11] 図1に見られるように、「手紙からの一章」の最初のページには、上に訳した題名とその内容の要約に加えて、騎士と軍船と女性の版画がつけられている。これらの絵は、この短く比較的安価だったと推測される印刷物のために用意されたものではない。中心の船の絵は十六世紀に人気のあった騎士道物語『アマディス・デ・ガウラ』から取られたものである[12](図2)。両側の人物も、線の太さやタッチの違いを見ると何らかの別々の書物から写されたものであろう。つまり、エラウソはその存在が最初にスペインで知られたときから、文学の登場人物の姿を借りて表象されたのである。副題にはその主人公が修道女だったことが最初に書かれ、エキゾチックな戦争の詳細とそこでの「勇敢な行い」が予告される。また、「様々な人に仕え」たという表現からは、ピカレスク小説(第II部第2章を参照)の要素も想起される。この表紙を作った人物は、この組み合わせが読者の好奇心を掻き立てることを期待したのであろう。

図1　エラウソについての最初の「事蹟の報告書」(セビーリャ、1618 年)

図２　『アマディス・デ・ガウラ』（セビーリャ、1531 年）より

一六一七年の報告書と「手紙からの一章」の比較によっても、後者の作者が作りだそうとしたエラウソの人物像がかいま見られる。まず、エラウソが司教に自らの来歴を語る場面から始まる冒頭部分の表現はほとんど同じだが、男装したエラウソの服装の記述については「手紙からの一章」のほうが詳しい。報告書の記述にある「半ズボンと修道士のような丈夫なウールの胴着と褐色の薄手のマント」という地味な服装に、黄金のひもで飾られた白い帽子、白い絹の上着、スウェードの胴着に剣と黄金の短剣という非現実的な装いが付け加えられている。また、本書に訳出された「自伝」で語られるような数々の喧嘩については一度しか言及されず、エラウソが身元を明かすことになった経緯がかなりぼかされていることも興味をひく。最初の報告書のなかでも、エラウソが殺人を犯して官憲から追われていたことはあまり強調されていないが、「手紙からの一章」での記述はさらに曖昧であり、ここからエラウソの状況を読み取ることはかなり難しい。ここに見られるエラウソはある程度理想化されており、物語の主人公として受容され

やすい人物になっている。

エラウソが一六二四年にスペインに帰国すると、翌年にはその半生についての複数の「事蹟の報告書」が出版された。まず、フアン・デ・カブレラという出版業者によってセビーリャで「チリ王国で我らの主君たる王に兵士として二四年間仕えてそのあいだにとても名誉ある責務を担った男らしい一人の女性の高名な事蹟についての第二の報告」(以下「第二の報告」)が出版された。[13]これに先立って(または同時に)出版された「第一の報告」があったと推測されるが、現存していない。この「第二の報告」は、エラウソがチャルカスに着いたところから始まり、「手紙からの一章」よりも詳しく、エラウソが賭博や喧嘩をし、逮捕されるまでを書いている。ここで語られる経緯は、「自伝」で語られるものとかなり近い。また、最後には、エラウソがそのときマドリードに滞在していると書かれている。

これに加えて、同じ年にセビーリャでシモン・ファハルドによって印刷された二つの「報告」が現存している。[14]この二つは続き物として書かれたもので、一つ目は「一人の女性が兵士の服装をまとい、チリ王国とその他の場所で我らが王に仕えて二十四年間で行った偉大な業績と勇敢な行いについての真実の報告」(以下「真実の報告」)という題である。また、同じものがマドリードでベルナルド・デ・グスマンによっても出版されたことが記されているが、このマドリード版は現在まで発見されていない。「真実の報告」は主人公がポトシに滞在していた時期で終わっており、その続きは同年に同じ出版者によって印刷された「現れたなかで最も長い真実の第二の報告」

（以下「最も長い第二の報告」）に引き継がれた。この二つの「報告」には、エラウソがスペインとアメリカ大陸で行ってきたことがより詳細に記されている。「最も長い第二の報告」は、エラウソがローマに行っており（フランスで中断された一度目の旅のことであろう）、スペインでは王に対して請願を行っている（または準備している）とされていることから、これらのことについてまったく述べられていない「第二の報告」よりも後に書かれたと考えられる。

「真実の報告」には序文にあたる部分があり、このような文書を出版する理由が説明されている。それによれば、男性たちの功績が記録され、称賛されるのにふさわしいならば、「本性によって弱く臆病である」はずの女性が行った業績はより称賛に値するからである。このような弁明は、主人公の勇敢さを強調するためのものであるが、この人の行為への批判が予想されていたからだとも考えられる。実際、次の段落には、このような事蹟を報告するのは「この人の名誉を貶めるためではない」という一節が見られ、エラウソの行為は名誉を傷つける可能性があると認識されていたことが推測できる。

たしかに、一六一八年の「手紙からの一章」とは異なり、ファハルドによって出版された二つの「報告」には、エラウソの数々の喧嘩と殺人について書かれている。また、リマで兄のミゲル・デ・エラウソとある女性をめぐって争いになり、重傷を負わせたことや（ただし後に回復した）、トゥクマンの聖職者の姪と結婚させられそうになったこと、ポトシに戻るときに女性を助け、その夫から愛人だと疑われたことなど、エラウソと女性を巡るエピソードが語られている。ただ、これらのエピソードはそこに同性愛的な関係があったことを示しているというよりも、上に見た演劇における男装の女性の役割の範囲に収まっていると考えられる。さらにこの文書によると、エラウソが身元を明かしたのは、新《ヌエボ》シッドと喧嘩をして殺害したことで逮捕されたからとされており、おそらく事実とは異なるがより劇的な効果のある場面を選んでいると言える。

以上のように、一六二五年にセビーリャでファン・デ・カブレラとシモン・ファハルドという二人の出版業者によって二組の「事蹟の報告書」が出版されたと推測される。このことからは、エラウソが帰国したとき集めていた注目の大きさがうかがえる。また、一六一八年のものも含めて、これらの文書はエラウソの生涯で起こった出来事を選び出して組み合わせ、読者を引き付ける物語を提示している。

コメディア『尼僧少尉』

これらの「報告書」が書かれたのとほぼ同じ時期に、コメディア『尼僧少尉』が執筆された。この戯曲の作者については二つの説がある。十七世紀以来、この作品の作者はマドリード出身の劇作家であり詩人のファアン・ペレス・デ・モンタルバン（一六〇一または二〜三八年）だとされてきたが、近年の研究によってメキシコ（当時のヌエバ・エスパーニャ副王領）出身の劇作家ファン・ルイス・デ・アラルコン（一五八〇頃〜一六三九年）の作品であるという説が立てられた。[15]また、この作品が書かれたのは、その最後の数行でエラウソがそのときローマにいると語られていることから、一六二六年だったと考えられている。従って作者は、十七世紀末に成立したとされる「自伝」（本書第Ⅰ部）の内容を把握することなくこの戯曲を執筆した。

この『尼僧少尉』は、エラウソをモデルにしながらも、「もつれた劇」の要素を織り込んだ複雑な筋を持つ作品である。以下にあらすじを述べる。第一幕はリマから始まる。カタリーナ・デ・エラウソは男装してアロンソ・デ・グスマンと名乗っており（以下、この作品の登場人物としてはグスマンと呼ぶ）、軍務のためにカリャオに向けて出発するところである。リマの有力者の娘であるアナはグスマンに恋しており、グスマンの友人ディエゴはアナに恋している。一方、グスマンの兄ミゲル・デ・エラウソはカリャオにいて、妹が十三年前に修道院を逃げ出して男装しアメリカに渡っていたことを父からの手紙で知る。そこで偶然グスマンと知り合い、二人は新《ヌエボ》シッドと決闘をする。アナに会うためにリマに戻ったグスマンは、彼女の部屋に招かれるがこっそり逃れ、そこを通りかかったディエゴがアナの部屋に入って、二人は関係を持つ。カリャオでミゲルは娼婦テオドーラと話し、彼女はグスマンに惹かれていたが、グスマンは決して関係を持とうとしなかったことを知る。ミゲルが戻ってきたグスマンに妹のカタリーナではないかと問い詰めると、グスマンは怒り、兄に瀕死の傷を負わせて逃亡する。

第二幕の始まりまでに三年がたち、リマに戻ったグスマンは、アナに会って三年前の夜のことを知る。そしてディエゴに会い、自分が女性であることを明かしてアナと結婚するように勧める。ディエゴはグスマンが女性であることを公表したらアナと結婚しようと言うが、グスマンは拒否する。

その後新《ヌエボ》シッドがグスマンを襲う。グスマンは彼を殺し、逮捕されて死刑を宣告される。ディエゴはグスマンを救うために副王に会いに行き、グスマンが本当は女性であることを明かして刑の執行を止めることに成功する。

第三幕の舞台はマドリードに移る。ディエゴが第二幕のあとに起こったことをソリーナ子爵に語っている。それによると、グスマンはスペインに戻ったが、その前にアナには他にも恋人がいたとディエゴに告げていった。ディエゴとアナは結婚を望んでいるが、この疑惑があるため結婚できずにいるのである。一方、グスマンはセバスティアン・デ・イルンベという人物の家に滞在しており、今でもかたくなに男装を通している。グスマンは彼に、自分の軍での働きをかつての上官が証言した証明書を見せる。そして他の軍人たちの証言も集めて、その褒賞として男装する許可を王に願い出るつもりだと言う。全員が集まり、グスマンはアナの恋人のことで嘘をついたのは、自分が女性であることをディエゴが他言したことへの復讐だったと語る。しかしアナの求めによって心を変えて、グスマンは改めてアナの貞淑を証言し、自分が女性であることを公表することを約束して二人に許しを請う。これによってディエゴはアナと結婚し、グスマンはローマに旅立つ。

第二幕までに語られているエピソードは、一六二五年の「真実の報告」および「最も長い第二の報告」と重なっているものが多い。特に新《ヌエボ》シッドの殺害から逮捕に至る経緯はこれをなぞっている。また、エラウソが兄ミゲルの「知り合いの女性」のところに通っていたというエピソードは、グスマンとテオドーラの関係に反映されていると考えられる。しかし、コメディアに現れる事柄のなかには、どの「事蹟の報告書」にも見られないものもある。

最も重要なのは、第三幕でグスマンが読み上げるかつての上官ルイス・デ・セスペデス・ヘリアの証明書と、それに続けて示されるかつての上官たちの証明書であろう。実際にエラウソは、エラウソ自身の覚書と、それまでに仕えた軍人たちによる戦功の証明書を、恩給を申請するためにインディアス枢機会議に提出した。これらの文書はセビーリャのインディアス総合文書館に現在も保管されている。(16) 劇中で読み上げられる証明書をセスペデス・ヘリアの実際の証明書と比較すると、かなり短くしてあるものの、日付は一致しており、類似した表現がいくつも見られる。そしてこれに続けてグスマンは何通かの証明書を見せるが、これらも実際に現物が残っている。これらの文書の手続きを行った公証人はセバスティアン・デ・イルンベという名前であり、これは第三幕にグスマンの庇護者として登場する人物である。なお、エラウソがインディアスで使っていた偽名は、「手紙からの一章」と「真実の報告書」ではフランシスコ・ロヨラとされているが、インディアス総合文書館の文書にはアロンソ・ディアス・ラミレス・デ・グスマンというコメディアの主人公に近い名前が記されている。このため、コメディアの作者は、何らかの形でこれらの文書を読んだか、少なくとも詳しい内容を知る機会があったと考えられる。

同時に、現在に伝わっていない文書や噂話など、他の情報源があった可能性も否定できない。このように、『尼僧少尉』はその当時話題になったエラウソという人物について、複数の情報を組み合わせながら書かれた戯曲である。

さらに、この作品のなかには、第一節で述べたようなコメディアの要素が多く見られる。まず注意を惹くのは、グスマンとアナとディエゴを巡る中心的な筋が、男装の女性が現れる「もつれた劇」の典型的な筋をなぞっていることである。エラウソについて書かれた「報告書」のなかにも女性が登場したが、アナの直接のモデルになるような社会的地位の女性はおらず、ほとんど常に一人で行動していたエラウソには友人のディエゴを思わせる人物はいない。この意味では、「もつれた劇」の男装の女性というフィクショナルな役割にエラウソという現実の人物が当てはめられたと言える。

ただしグスマンは、誰にも恋をしていないという点で「もつれた劇」の登場人物とは異なっている。恋を知らず戦いを好むこの人物は、男装の女性のもう一つのタイプである「女戦士」に属しているともいえる。しかし右で述べたイタリアの諸作品やロペ・デ・ベガの作品に登場する女性たちとは異なって、グスマンの性格はしばしば周囲の人物と衝突する。

まず、第二幕でグスマンは、ディエゴに自分が女性であると告白するとき、自らの性格について長く語っている。それによると、暴力的な性格は子供のころからのもので、女性らしいものよりも戦争に関するものを好んでいたが、両親はその性格を修道院に入れることで矯正しようとした。兄であるミゲルもまた、妹の逃亡について知ったとき、「高貴に生まれた女性が、これほど不名誉な行いに身を投じるのか」と嘆き[17]、第一幕の最後ではグスマンに対して、修道院に入るか死ぬかを選ぶように迫る。

さらに、グスマンのなかにあるのが男性的なものへの指向というよりも、女性であることそのものへの非常に強い嫌悪であることによって、この衝突の解決はより困難になる。この劇のなかでは、自分が女性であることを知られたくないという願いがグスマンの行動原理となっている。「自伝」や複数の「報告書」で語られている事実とは異なって、コメディアのグスマンは、女性であることが知られるより、むしろ死を望む。そしてディエゴが同意を得ずにそれを公にしたことが第三幕で争われる新たな問題を生み、グスマンが女性であることを公に認めるかどうかが第三幕の中心的な主題になる。

第三幕では、グスマンの性格と周囲との軋轢はさらに激しさを増し、グスマンはより社会的地位の高い登場人物によって繰り返し批判を受ける。まず、この幕の中頃で、セバスティアンはグスマンを王宮の高位の人物に引き合わせるため、女性の服装をするように指示するが、グスマンは激しく抵抗する。同様のシーンは、次に子爵とのあいだに繰り返される。このときグスマンは、自分が女性として扱われることに強い抵抗を示し、「私は女性だが、自分が女性だと公言しないし、誰かに女性と呼ばれたくもない」と言い切っている。子爵もグスマンを説得することはできない。

しかしそのすぐ後に、アナの短い言葉を受けて、グスマンはその考えを変える。グスマンの言葉によれば、心を変えさせたのはアナへの感謝と彼女の名誉である。ここでグスマンは、まずアナの恋人は自分一人だったと明言し、その上で自分が女性であることを公にすると約束するが、これはアナの名誉に傷がないことを証言することを意味する。そしてディエゴと子爵とセバスティアンは、この行いを軍隊での武勲よりも素晴らしいものだと称賛する。ここで称揚されているのは、女性への感謝から彼女の名誉を守るために払われるこれほどの自己犠牲と、偽りを認めて真実を明らかにすること（言葉においても姿においても）であると言うことができるだろう。こうして劇は終わりを迎える。

だがこの結末にはなお、一般的なコメディアとは異なる点が残っている。アナとディエゴが結婚し、グスマンが貴族から称賛されることによって、この劇はハッピーエンドを迎えたように見えるが、グスマン本人には結婚や褒賞といった変化がもたらされていないのである。また、グスマンが今後女性の服装に戻るかどうかも明言されない。ロペの『カスティーリャの女傑』でも『男のいない女たち』でも、「女戦士」たちが作品の最後で結婚したことと比較すると、その特異さが明らかになるだろう。実際、グスマンにとってのハッピーエンドはまだ訪れていない。グスマンが見せる女性であることへの強い拒否は解消されておらず、女性に見られたくない、男性の服装をすることを世間から認められたいという望みは果たされていないのである。

その望みが託されているのは、コメディアのなかでは、インディアス枢機会議ひいてはその頂点にいる国王である。インディアス枢機会議への請願については、歴史的事実とコメディアのあいだに相違がみられる。実際には、エラウソが現在も残る文書を揃えてインディアス枢機会議に申請したのは、インディアスでの軍務に対する恩賞であった。そして男装する許可を得たのはローマ教皇からであると言われている。一方、コメディアのなかでは、グスマンは、フランドルで再び軍務に就くこと、それがかなわないならばせめて男性の服装をする許可を願っている。

スペイン黄金世紀のコメディアにおける王の役割の一つに、劇の最後に現れて、毀損された秩序や調和を回復するというものがある。(18) 本稿で挙げた作品のなかでは、ロペの『カスティーリャの女傑』の最後で王が果たす役割がこれの一例だと考えられる。この作品では、女性でありながら男性に勝る主人公のマリアは、ある意味で秩序を乱す人物であるが、王はマリアの武勇を称賛して新しい領地を与え、結婚させることによって、新しい秩序のなかに彼女を位置付けると言える。しかし『尼僧少尉』においては、グスマンはまだインディアス枢機会議に書類を提出してさえおらず、王の裁定を得ることからは程遠い場所にいる。このことは、作者がこの作品を執筆する時点で、現実のエラウソが行った申請への裁定がまだ出ていなかった（少なくとも作者がその結果を知らなかった）からだとも考えられる。そうだとすれば、実在の同時代の人物を題材にしたことによって、演劇の理想的な結末が妨げられたと言える。しかし同時に、理想的な結末を迎えられなかったことによって、登場人物のなかにある理解できない部分や解決されない問題があらわになり、このように印象深い人物が作り上げられたとも言えるだろう。

おわりに

十七世紀前半のスペインの文化には、コメディアのなかで作られていった男装の女性という類型があり、カタリーナ・デ・エラウソという人物はこの類型に当てはまる要素を多く持った人物であった。そのため、エラウソがスペインに帰国する前から、その半生についての短い報告書に見えるエラウソの人物像は、この文学的類型に影響されていたことが読み取れる。帰国後に書かれた創作であるコメディア『尼僧少尉』では、文学的類型のほうがさらに大きな位置を占め、エラウソという人物はここにはめ込まれて指定された役割を果たしているように見える。しかし女性と呼ばれることやそう見えることへのグスマンの強い拒否感は、その役割に収まらない人物像を作り出している。この作品は、同時代の実在の人物をモデルにした文学作品が持つ未完成性とそれによる魅力に満ちていると言える。

注

（1）十七世紀以降のスペインでは、「コメディア」という呼称は広く演劇作品全般に対して使われた。したがって、内容などからは悲劇あるいは悲喜劇に属するといえるものであっても「コメディア」と呼ばれることがある。本稿ではこれ以降、『尼僧少尉』のジャンルについてコメディアという名称を使用する。
（2）Arjona, J. Homero, "El disfraz varonil en Lope de Vega", *Bulletin Hispanique*, 39 (2), 1937, pp. 120-145, p. 121.
（3）Lope de Vega, *Arte nuevo de hacer comedias en este tiempo*, Madrid, la viuda de Alonso Martín, 1621, p. 13 (vv. 280-283).
（4）Bravo-Villasante, Carmen, *La mujer vestida de hombre en el teatro español (Siglos XVI-XVII)*, Madrid, Revista de Occidente, 1955, p. 13.
（5）Lope de Vega, *op. cit.*, p. 14 (vv. 327-328).
（6）Bravo-Villasante, *op. cit.*, p. 82. 以下、ロペの作品の執筆年は Morley, S. Griswold y Bruerton, Courtney, *Cronología de las comedias de Lope de Vega*, Madrid, Gredos, 1968 に従い、その後の研究による修正をロペの作品のデータベースである ARTELOPE (https://artelope.uv.es/) で確認した。
（7）Bravo-Villasante, *op. cit.*, pp. 33-46. アシュコムはこれに加えて、中世の叙事詩に現れる女性たちの存在についても指摘している（Ashcom, B. B., "Concerning "La mujer en habito de hombre" in the Comedia", *Hispanic Review*, 28 (1), 1960, pp. 43-62, pp. 54-55）。

（8）Lagresa, Elizabeth, “Monstruos de la naturaleza. Violencia y feminidad en La varona castellana de Lope de Vega”, *eHumanista*, 17, 2011, pp. 99-133, p. 125.

（9）Lope de Vega, *Decimasexta parte de las Comedias de Lope de Vega Carpio…*, Viuda de Alonso Martín, Madrid, 1621, 87v. この作品は Lagresa, op. cit., pp. 106-108 で分析されている。

（10）Anónimo, “Capítulo de una de las cartas […]”, Sevilla, Juan Serrano de Vargas, 1618（スペイン国立図書館に *Papeles varios políticos y genealógicos*, MSS/17605, ff. 341r-342v として所蔵。正書法は現代のものにした）。この文書の元になった司教の報告書の写しはサラゴサ大学図書館に所蔵されており、Erauso, Catalina de, *Vida y sucesos de la Monja Alférez*, ed. Miguel Martínez, Madrid, Castalia, 2021, pp. 193-203 に収録されている。

（11）Caro Martín, Adelaida y Pena Sueiro, Nieves, “Las “relaciones verdaderas” y el origen del periodismo”, en Adelaida Caro Martín et al., *Noticias verdaderas, maravillosos prodigios*, Madrid, Ministerio de Cultura y Biblioteca Nacional, 2022, pp. 29-63 を参照。

（12）『アマディス・デ・ガウラ』の初版は一五〇八年にサラゴサで印刷され、その挿絵も含めて各地で度々再版された。スペイン国立図書館に所蔵されている複数の版を参照したところ、いずれも第一巻第四章の冒頭にこの挿絵が見られ、版によっては他の章でも繰り返し使われている。図は Rodríguez de Montalvo, Garci, *Los cuatro libros de Amadís de Gaula*, BNE R/2936, Sevilla, Juan Cromberger, 1531, f. 9r から取った。

（13）Erauso, *op. cit.*, pp. 217-223. 原本は “Segunda relación de los famosos hechos [...]”, Sevilla, Juan de Cabrera, 1625（スペイン国立図書館に *Papeles varios políticos y genealógicos*, MSS/17605, ff. 339r-340v として所蔵）.

（14）Erauso, *op. cit.*, pp. 207-217 y 223-233. 原本は “Relación verdadera de las grandes hazañas, y valerosos hechos [...]”, Sevilla, Simón Fajado, 1625 および “Segunda relación, la más copiosa y verdadera que ha salido [...]”, Sevilla, Simón Fajardo, 1615 [sic]（スペイン国立図書館に *Papeles varios políticos y genealógicos*, MSS/17605, ff. 335r-338v として所蔵）.

（15）Vega García-Luengos, Germán, “Juan Ruiz de Alarcón recupera La monja alférez”, en Rafael González Cañal y Almudena García González (eds.), *Sor Juana Inés de la Cruz y el teatro novohispano*, Ciudad Real, Univ. De Castilla-La Mancha, 2021, pp. 89-149. この論文のなかでは、コンピューターによる分析の結果から出発して、アラルコンの作品に特徴的な表現や人物像について論じている。

（16）これらの文書は Erauso, *op. cit.*, pp. 258-266 に収録されている。

（17）『尼僧少尉』からの引用は次の版による：Pérez de Montalbán, Juan (atribuida), *La monja alférez*, ed. Gabriel Andrés, Pesaro, Metauro, 2020.

（18）Trambaioli, Marcella, “Lope de Vega y el poder monárquico: una puesta al día”, *Impossibilia*, 3, 2012, pp. 16-36, p. 21.

第5章 舞台とスクリーンの上の「尼僧少尉」

黄金世紀と二十世紀の演劇作品およびメキシコとスペインの映画から

La Monja Alférez en las tablas y en la gran pantalla: las obras dramáticas del Siglo de Oro y del siglo XX y las películas de México y España

Carlos García Ruiz-Castillo
カルロス・ガルシア・ルイス＝カスティージョ
（坂田幸子訳）

はじめに

カタリーナ・デ・エラウソの驚くべき「自伝」は、これまで繰り返し舞台や映像で取り上げられてきた。本章ではエラウソの波乱の生涯に基づきながらも素材を自由に扱って作られた劇作品を二つと映画を二本、取り上げる。いずれもタイトルは『尼僧少尉』で、年代順に、一六二六年に書かれたフアン・ペレス・デ・モンタルバンもしくはフアン・ルイス・デ・アラルコン作の戯曲（作者については両説がある）、一九四四年のエミリオ・ゴメス・ムリエル監督によるメキシコ映画、一九八六年のハビエル・アギーレ監督によるスペイン映画、そして同じ年に執筆されたスペイン人劇作家ドミンゴ・ミラスによる戯曲である。それぞれの作品が作られた背景について簡潔に述べ、あわせてそれぞれの作者がエラウソをテーマに選んだ動機や思想について探る。

1　十七世紀の演劇作品《コメディア》、『尼僧少尉』

すでにエラウソの存命中から、その前代未聞の生き様やスペイン語圏各地に残した足跡によって、さらには伝聞や書簡で伝わった情報によって、この人物の物語は現実の枠組みを超え印刷物や文学の領域に広がっていった。実際、最初の演劇作品が執筆されたのは一六二六年のことで、それはちょうどエラウソがスペインに帰国中で、インディアス枢機会議に恩賞と年金受給の申請をし、ローマへと出発する時期にあたる。

その頃にはエラウソの名はスペインでさまざまな文書によって広まっていた。文書とはすなわち、「事蹟の報告書」と呼ばれる印刷物――ジャーナリズムの先駆けとなる大衆的読物のようなテキスト――と、私的あるいは半私的な書簡や行政文書で、これらも手書きの写しや印刷物となって流布していった。前章で詳述されているように、こうした種々の資料はなんらかの形で戯曲『尼僧少尉』の中に取り込まれている。

この作品が書かれたのはスペイン演劇史でもとりわけ重要な時期にあたる。十六世紀から十七世紀にかけてのルネッサンスとバロックの時代はスペイン文化の「黄金世紀」と呼ばれ、芸術はあらゆる分野において絶頂期を迎えた。なかでも演劇は都市部で人気の興行で、多くの人々が舞台を楽しんだ。ロペ・デ・ベガは詩人としても優れた才能を発揮したが、なによりもまず傑出した劇作家として知られる。彼は一六〇九年に「当世コメディア新作法」を発表し、演劇の理論と技法を体系化した。この理論と技法とは彼自身がすでに舞台上で実践してきたもので、それ以降の劇作家たちの作劇の基礎を成すことになる。『尼僧少尉』を書いた作家も、ロペの流派のひとりだ。この戯曲は出版されて以来、作者はファン・ペレス・デ・モンタルバン（一六〇二〜三八年）とされてきたが、近年、文体や頻出単語の分析等により作者はファン・ルイス・デ・アラルコン（一五八一〜一六三九年）であるとする研究が発表された。とはいえ、真の作者が誰であるのかの帰趨はまだ明らかではない。

『尼僧少尉』は、コメディアの中でも「もつれた劇」もしくは「マントと剣」と呼ばれるジャンルの特徴を備えている。[1] こうしたジャンルのコメディアは本質的に娯楽的性質のもので、誤解、嘘、変装、隠匿などでストーリーが展開し、主人公の男女、召使や女中らの登場人物のあいだで恋愛騒ぎや喧嘩沙汰が起きる。たいていは従僕の活躍が適度にコミカルな味を添え、緊迫と驚きで観客をひきつけながら話は進んでいく。このジャンルのコメディアの筋は限られた時間と場所で展開することが多いが、『尼僧少尉』はこれにはあてはまらない。扱われる内容からは歴史劇としての側面もあり（歴史劇は同時代の出来事を扱うこともある）、これはファン・ペレス・デ・モンタルバンが得意としたジャンルだ。他方、教訓的な要素も盛り込まれていて、これは作者として名の挙がるもうひとりの劇作家ファン・ルイス・デ・アラルコンの「マントと剣」のコメディアによく見られることである。

『尼僧少尉』のあらすじを見れば、作者が参照したであろう資料や情報がまったく自由にアレンジされて取り込まれているのがわかる。全体の筋は前章で詳しく述べられているので、ここでは恋愛関係に絞って述べることにしよう。(2) 作品は三幕からなり、第一幕と第二幕の舞台はペルーのリマとカリャオ、そして第三幕の舞台はスペインの首都マドリードだ。〔第一幕〕アロンソ・デ・グスマン――エラウソが作中で名乗っている男性名――は、リマで令嬢ドニャ・アナを誘惑する。この誘惑行為はおそらく、自分の生まれつきの性別を隠す意図があってのことだろう。グスマンの友人であるドン・ディエゴもまた、ドニャ・アナに恋心を抱いている。グスマンは自分が禁欲の誓いを立てているのを口実にして、彼女と性的関係を持つのを控えている。ところがある夜、取り違えが起きる。ドニャ・アナは自宅でグスマンの来訪を待っていたのだが、実際にやって来たのは顔を隠したドン・ディエゴで、彼はドニャ・アナの名誉を犯してしまうのだ。〔第二幕〕三年後、グスマンとドニャ・アナは再会し、アナはグスマンにあの夜の出来事を語る。グスマンはある証拠から、アナの家に忍び入ったのはドン・ディエゴであると気づき、ディエゴに彼女と結婚しろと迫る。しかしディエゴは同意しない。その理由としてディエゴは、彼女にはすでにグスマンという想い人がいたのだから、貞節が疑わしいというのだ。グスマンはディエゴを安心させるため、秘密を守ると約束させた上で、実は自分は女であることを告白する。ドン・ディエゴはグスマンがその秘密をおおやけにするのであればアナと結婚しようと告げるが、グスマンはそれを拒む。ところがここで荒くれ者の新《ヌエボ》シッドとの諍いが起こる。グスマンはこの男を殺してしまい、その結果、死刑を宣告される。ディエゴが副王に対して、グスマンは実は女であると明らかにしてその命を救うものの、グスマンは自分の生まれつきの性別を知られてしまったことに絶望する。〔第三幕〕舞台は移ってスペイン。男として認められたいというグスマンの意思は揺らぐことなく、約束を破って秘密を暴露したディエゴに怒りを抱き続けている。グスマンはディエゴに復讐しようとして、ドニャ・アナがあの夜待っていたのは実は自分ではなくて別の男だと、ドニャ・アナの純潔を疑わせるような嘘をつく。そのためドン・ディエゴとのあいだであらたに口論となるが、最終的にグスマンは人々の前で自分が女であると認め、アナに嘘を詫び、ディエゴに赦しを乞う。

主人公グスマンは、作中では一貫して自分が男として認められることにこだわる。第三幕ですでに女性であることが周知の事実となってからもその態度は変わらない。

セバスティアン　よいか、エラウソ少尉、王室顧問官がお前の噂を耳にし、お前に会いたいとおっしゃっている。

グスマン　私を見たいだと？　私がこれまで目にしたこともないような怪物だとでも？〔中略〕髭のない男をこれまで見たことがないとでも言うのか？

そして女性として装うように求められた時には、このように答える。

セバスティアン　そなたが女であるとおおやけにされたのだから、ほんの二時間、女の装いをしたとてなんの不都合があろうか。

グスマン　ほんの二時間とて自分にとっては二千年に等しい。女の姿をしたくはない。そうすれば自分が女であることを否定できなくなってしまう。

グスマンは、女性のアイデンティティを断固として否定し、自分の生き様は「どれだけ自分自身を嫌悪しているか」の証だと述べ、「自分が女であることを公表しないためであれば」、責め苦や死さえも受け入れると言う。それゆえ、新大陸での活躍に対して王に求めるのは（史実では年金受給だが、劇中ではそうではなく）、「お認めいただきたいのです、男の服装でよいと。このお許しにより私は報いられたと感じ、満足いたします」。というのも、「怒りや屈辱に縛られて生きたくはない」からだ。ここでいう屈辱とは、男として認知されないことに起因する。グスマンの考えでは、「かくも多くの男どもを倒したこの鋼の剣を握っているかぎり」、自分は男なのだ。そして周囲の人が自分を女だと言うのを聞いて苛立つ。

グスマン　女、女と、何度も女呼ばわり！　子爵殿、女扱いはやめてくだされ。さもなければば私は世間に対して敬意を払いませぬぞ。
子爵　実際に女だというのに、なにをそれほど憤るのか？
グスマン　たとえ女だとしても、自分の口でそうとは認めませぬ。誰からも女だと呼ばれたくはない。

しかしながらエラウソが男性であるという主張を変えない限りはエラウソとアナの間に肉体関係があったと想定されてしまい、ディエゴとアナの結婚の障壁となってしまう。そのため芝居の最後でグスマンは自分の生まれつきの性は女であると認めるに至る。すると周囲の人々はグスマンを、「そなたは生涯のなかでかつてないほどの勇気を奮った」、「そなたは幾多の敵の軍隊を打ち負かすよりも、あっぱれ己自身に打ち勝ったのだ」と讃え、こうしてグスマンは社会的承認を得て、芝居は幕を下ろす。

女性であることの執拗なまでの拒絶と、最後の場面で女であることを認めディエゴとアナの結婚を後押しする痛悔との対比に、この作品の教訓的性格を見ることができる。興味深いのは、痛悔ののち、あたかもその声が封じられてしまったかのようにエラウソにはひとつのせりふも割り振られていないことだ。しかもこの作品には、「マントと剣」の芝居にお約束のハッピーエンドが欠けている。すなわち、男性主人公のグスマンにも、従者役としてのマチンにも、恋の成就は訪れないのだ。

ではこの作品を執筆するにあたって、作者の関心はどういうところにあったのだろうか。まずエラウソという人物そのものが劇作品に恰好の素材だ。すなわち、この人物の性格と境遇、バスク出身であること（作者は従者のマチンも同郷の出身という設定にして、主従の間で軽妙な会話が成立するようにした）、当時すでにその名声や冒険の噂が広まっていたこと、ペルーという異国の舞台、軍隊生活、そしてとりわけ主人公の性別の変更である。

ここで当時の作劇上のしかけとしての男装の起源や、男装の人物の役割について見てみよう。スペイン文学において男装の女性にはふたつの類型がある。[3] ひとつめは、恋を成就させるためのひとつの手段として男装するタイプと、もうひとつは社会規範を破り女性としての性役割分担を拒む英雄的な戦士というタイプだ。これらふたつのタイプは、いずれもイタリアのルネッサンス期の詩人であるボイアルドの叙事詩『恋するオルランド』（マルフィーザが女性戦士でブラダマンテが旅に出る恋する乙女の役）とアリオストの叙事詩『狂乱のオルランド』をはじめ、イタリア演劇のいくつかの作品に登場する。先に述べたように『尼僧少尉』の作者はロペ・デ・ベガの流派であった。実際、ロペ自身、『狂乱のオルランド』から強い影響を受けており、男装した女性を主役とする劇作品をいくつも書いている。たとえば『カスティーリャの女傑』や『勇敢なるセスペデス』では『尼僧少尉』を想起させる女戦士が登場する。と同時に『カスティーリャの女傑』は十二世紀の伝説的人物をモデルにしていることから、「歴史劇」と「もつれた劇」のふたつのジャンルにまたがる。これは『尼僧少尉』についても言えることだろう。

この作品は、登場人物の描き方が浅く力強さに欠ける点、人物の心理に踏み込んだ分析がされていない点、そしてストーリーが緊密に構成されていない点など欠点があることは否めない。だが当時のスペインで人々の関心の的となっていたエラウソという実在の人物を主人公にして、事実や資料と虚構を織り交ぜて書かれた興味深い戯曲であることは確かだ。

『尼僧少尉』は一六二六年から二八年にかけて上演され、出版物もその世紀のあいだに何度か版を重ねた。しかし十八世紀にはこの作品の上演や出版などの情報は見当たらない。ようやく十九世紀になって出版されたフェレール編纂の『尼僧少尉カタリーナ・デ・エラウソ伝』（一八二九年）の中でこのコメディア全文が掲載・紹介され、ペルーのリマで上演（一八三〇年）されるなど、ふたたび話題にのぼるようになった。近年では舞台上演される機会も増えている。一例として、スペイン黄金世紀の演劇を現代的な視点で再解釈して上演するニューヨークのテアトロ・シルクロ劇団の上演（二〇二三年）を挙げておこう。ニューヨークのバーで、クィアのピアニストの語りによって幕が開くという演出だ。こうして十七世紀には教訓的な性格を持っていた演劇作品が新たな面を見せ、主演女優の言葉によれ

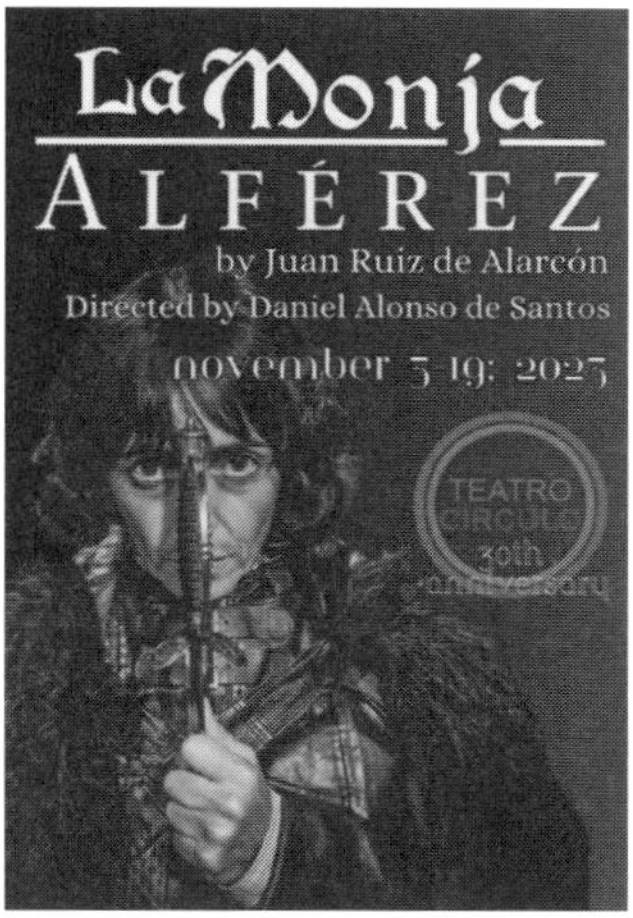

2023 年にニューヨークで上演された『尼僧少尉』のポスター。作者はフアン・ルイス・デ・アラルコンと表記されている。

ば、女性差別と「ノンバイナリーならびにLGBTQIA＋の人々のアイデンティティをめぐる戦い」という視点が導入された。(4)

2　メキシコ映画の黄金時代の「もつれた劇」

一九四〇年から四六年にかけてメキシコ映画は隆盛を極め、「黄金時代」と呼ばれるようになった。その背景にある要因としては、第二次世界大戦中に連合国側について経済的発展と近代化を遂げたこと、地理的にも合衆国に近く、合衆国がラテンアメリカへの文化的影響力の波及を目的としてメキシコをこれらの地域への映画普及の足掛かりとしたこと、ハリウッドがメキシコの映画産業を支援したこと、映画産業振興のための制度や組織――たとえば映画投資銀行や国立映像産業評議会――が整備されたことなどが挙げられる。そしてハリウッド流のスターシステムが導入され、マリア・フェリックスのような大スターが生まれることとなる。ここで取り上げる映画も彼女が主演をつとめた。

『尼僧少尉』（一九四四年）はこの黄金時代に製作された作品である。脚本は監督のエミリオ・ゴメス・ムリエルがエドゥアルド・ウガルテやマックス・アウブと協力して書いた。ちなみにウガルテとアウブはともにスペインの作家だが、スペイン内戦（三六〜三九年）で共和国政府が敗北したためメキシコに亡命し、メキシコで生涯を終えることになる。この映画ではカタリーナ・デ・

エラウソの生涯が自由に脚色され、喜劇や冒険活劇や恋愛劇の要素が盛り込まれた。

　主人公はヌエバ・エスパーニャ（現在のメキシコ）のバリャドリード生まれという設定だ。母はエラウソを出産した時に亡くなり、父は彼女に乗馬や剣術など、男性の役割分担に属するような技を授けた。エラウソは幼いころからファン・デ・アギーレという少年と心をかよわせ、結婚の約束をする。だが父の死により運命が急転し、伯母によって修道院に入れられる（「自伝」とは異なり、伯母は修道院長ではない）。さらにこの伯母はエラウソの父の遺産を手に入れ、自分の娘をファンと結婚させようと画策する。エラウソは男装し、アロンソ・デ・グスマンと名を変えて修道院を脱出し、ペルーのリマへ渡って亡き父の遺書を手に入れようとする。というのも、以前ペルーで軍務についていた父は、遺書を友人であるペルーの副王に託していたのだ。旅の途中、エラウソはロヘールという男と知り合い、従者として雇う。ロヘールはエラウソを探し出すために伯母が差し向けた人物なのだが、いささかコミカルな性格設定となっている。その後リマには兵士となったファンも赴任してくる。ファンはグスマンと友人になり、グスマンが男装したカタリーナだとは知らぬまま、カタリーナへの恋心を打ち明ける。だが予期せぬ事態

1944 年メキシコ映画『尼僧少尉』のポスター

が重なり、グスマンはロヘールとふたり、女装してリマから逃走する羽目となる。波乱の末、カタリーナ／グスマンは無事父の遺書を手に入れて故郷へ戻り、伯母の奸計を退け、ファンと再会する。映画の最後、ふたりは口づけを交わし、馬車で去っていく。

この映画の狙いが、男装した女性という設定によって主演女優マリア・フェリックスの魅力を際立たせることにあったのは間違いない。また、女性の役割に関する伝統的で保守的なメッセージを強く発信しているのは、この映画の商業的な性格によるものだろう。実際、ジェンダー・アイデンティティについても、階層社会についても、何ら問題提起されていない。もっとも、娘を頑健で意思堅固だと評価する父親から授けられる教育は、女性より男性にふさわしいものではある。その後、主人公は男性の登場人物グスマンになりすまし——服を着替え、ある種の身振りや言葉遣いを取り入れたのみで、外見は女性的なままだが——、さまざまな波乱にもかかわらず危険を退け、目的を達成し、報われる。カタリーナ／グスマンはみずからの意思と自由を行使して行動し、本人の言葉を借りるならば、「女性の方がはるかに意志が強く賢明」ということを示してみせる。だが以上のような展開にもかかわらず、最後のファンとの口づけが表しているように主人公が女性の服装をして社会的地位を回復する場面で映画は幕を閉じる。以上の点から、脚本執筆に参加した小説家マックス・アウブは、「男装する女性の内面には常に深刻なドラマが秘められており、その生涯は丁寧に分析し、描かれなければならない」にもかかわらず、自分が関わったこの映画は「単なる娯楽で、マリア・フェリックスが魅力的な衣装で派手に立ち回る剣客に変

身する口実でしかない」と不満を述べた。(5)

批評家たちからも厳しい評価を受けたが、それは商業的成功と主演女優の名声を確立するためにカタリーナ・デ・エラウソの生涯を骨抜きにして利用したという理由のみならず、撮影技術や推進力の欠如など、映画製作上の問題にもよる。映画評論家のエミリオ・ガルシア・リエラは、「平板でダイナミズムに欠け、もたついている」と評し、「過去を仮面舞踏会のように見せるタイプの映画」と述べている。(6)

3　八〇年代スペインの作家主義の冒険映画

スペインでは一九三六年に共和国政府とフランコ将軍率いる反乱軍のあいだで始まった内戦が、三九年に共和国政府敗北によって終結する。内戦後に成立したフランコ将軍の独裁政権が目指した社会は、伝統的価値観とカトリック的道徳に基づくものだった。フランコ将軍が七五年に死去すると長きにわたった独裁政権が終わって、新しい時代が到来する。民主主義国家への移行は七八年の新憲法発布、八二年の社会主義労働党の政権獲得という段階を経て進んでいった。社会主義労働党はその後九六年まで政権与党の座を維持する。

八〇年代、スペイン社会は大きな変化を遂げた。たとえば、カトリック教会が社会に及ぼす影響の漸減、女性の社会進出や、都市部での若者文化の発展などだ。都市部の若者文化ということでいえば、若き日の映画監督のアルモドバルなどが推進役となったマドリードのカウンターカルチャー、「モビーダ」がよく知られている。こうして社会が変貌を遂げるなか、若手アーティストたちはフランコ体制時代の道徳的保守主義を批判すると同時に、自分たちの時代の市民社会から押しつけられる期待にも反発した。

1986年スペイン映画『尼僧少尉』のポスター

その当時、新たな社会状況に映画製作が適応できるよう様々な法的制度が設けられた。なかでも影響力の大きさからいうと、八三年に制定された一連の法律がとりわけ重要で、脚本家兼映画監督で、その年に政府の映画総局長に就任したピラール・ミロにちなんで「ミロ法」と総称される。これは、七七年に検閲が廃止されてから外国映画の輸入が増加してスペイン映画の売り上げが減少した状況に対処しようとする野心的な保護主義的政策であり、欧州他国の映画に劣らぬ高い品質とスペイン独自の文化的特徴を併せ持つ国産映画を推進することを目的としていた。こうした目的を達成するには、作家の個性が強く表れた作家主義の映画、文学作品の翻案、有名な俳優の起用、多少定型化していても形式的な完成度が高いこと、などが有効だと考えられた。目的はある程度達成され、当時のスペイン映画は、いずれも文学作品の翻案である『無垢なる聖者たち』（八六年）や『恍惚の王』（九一年）などによってそれなりの国際的評価を受けるにいたった。とはいえ興行的には必ずしも成功しなかった作品が多いことも事実だ。ミロ法はほかにも副作用を伴った。すなわち画一的で政治化されたスペイン文化観を押し付け、それによって興行的に成功していた自国産の人気ジャンル（七〇年代の変貌するスペイン社会を背景にした保守的な恋愛コメディなど）も、またミロ法以前の大胆で革新的な映画も、ともに衰退へと追い込まれていったからだ。(7)

ハビエル・アギーレ・フェルナンデス監督（一九三五〜二〇一九年）の『尼僧少尉』が封切られたのは、映画界が前述のような状況にあった一九八六年のことだった。アギーレ・フェルナンデスは多作な監督で、以前は商業映画も作れば、実験的な前衛映画――彼自身はそれを「アンチシネ」と名付けた――も作っていたのだが、八〇年代になってからはヒット作がなく、監督作品の数も減っていた。そうした状況で、『尼僧少尉』映画化のプロジェクトに対し政府の助成金が認可されたのだ。

この映画はカタリーナ・デ・エラウソの「自伝」のフェレール版とトマス・ド・クインシーの翻案（第II部第6章を参照）に基づき、エラウソの生涯の主な出来事に沿っている。順に列挙すると、サン・セバスティアンでの誕生、修道院での幼年時代、修道院からの逃走、新大陸への渡航、トルヒーリョでの商人見習い、観劇に端を発する刃傷沙汰、軍への志願、戦闘、少尉への昇進、カードゲームをめぐる喧嘩、兄ミゲルの死、投獄、掌に聖体《ホスチア》のパンを吐き出す作戦による脱出、アンデス山脈越え、未亡人の女農場主による保護、その娘との結婚の約束と、結婚を回避するための新たな逃走、ウアマンガ滞在、夫に浮気を責められるドニャ・マリアの逃亡支援、ドニャ・マリアの夫との決闘による負傷、司教への告解、修道院入りと修道院退去、祖国での宮廷訪問とローマへの旅、そして最後はメキシコのベラクルスでラバを率いての運搬業だ。

ストーリーが展開していく上で大幅な省略や時間的飛躍があり、それを旅や移動を説明するナレーションでつないでいる。「自伝」のフェレール版にもド・クインシーの翻案にも存在しない要素もいくつかあるが、その最たるものは、サン・セバスティアンの修道院で見習い修道女の仲間だったイネスという少女との幼い恋で、これはストーリーの展開に説得力を持たせるために挿入されたのだろう。だがイネスは重い病に侵されて、若くして亡くなってしまう。サン・セバスティアンの海岸でイネスと戯れた思い出は、エラウソの人生の中で折に触れて蘇り、この映画の額縁の役割を果たしている。というのも映画の冒頭とラストは、大人になったエラウソがその同じ海岸に立ち、かつての自分たちの姿を回想するシーンだからだ。

筆者の考えるところでは、この映画の脚本における登場人物の性格付けも、主演女優であるエスペランサ・ロイの演技も、エラウソの複雑な人物像を表現できておらず、前述のような少女時代の初恋の思い出を挿入する手法も効果を上げていない。全般においてエラウソは慎重で節度ある人物として描かれており、そのため無頼漢として振舞う場面も迫力を欠き、賭け事や喧嘩を好む一面が映画の中でじゅうぶんに表現されているとは言い難い。女性から男性への性役割分担を変える理由も深く掘り下げられていない。アギーレ・フェルナンデス監督は、これ以前にもエスペランサ・ロイを起用して女性の同性愛を扱う映画を二本撮っているが、それにもかかわらず、ここではエラウソの女性への恋愛感情がテーマとして発展することもない。助成を受けたとはいえ予算不足は明らかで、現地ロケはなく、すべてスペイン国内でそれらしき風景を用いて撮影されたが、そのためにドラマとしても冒険映画としても中途半端な出来になってしまい、観客と批評家の評判は芳しくなかった。

4　二十世紀の実験的歴史劇

一九八六年、スペインの劇作家ドミンゴ・ミラス（一九三四〜二〇二二年）は、スペイン文化省の国立舞台芸術・音楽協会から助成を受けて戯曲『尼僧少尉』を書きあげた。[8]助成金の申請書には以下のように記されている——「尼僧少尉について少なくともなにかひとつ演劇作品が書かれなければならない。この人物は我が国の劇作家からあまりに不当な扱いを受けている。（中略）こうした実在の人物がいるにもかかわらず、劇作家が自分の時代の視点からその人物を解釈し表現するような戯曲が書かれないような欧州の国があるとは、受け入れがたいことだ」

ドミンゴ・ミラスは七〇年代に劇作を開始し、前述のように八六年に『尼僧少尉』を書いた。つまり『尼僧少尉』執筆に至るまでの彼の劇作家としてのキャリアは、フランコ独裁体制末期と民主主義体制初期にあたる。それ以前の五〇年代後半には、劇作家たちが同時代の政治や社会を間接的に表現し批判する意図で、歴史的題材に新たな息吹を吹き込んでいた。この写実主義演劇の世代に続いて、象徴主義演劇もしくは新スペイン演劇と呼ばれる世代が登場し、六五年から七五年にかけて活躍する。新世代の劇作家たちは、従来とは一線を画す実験的な演劇を提唱した。この演劇は現実を忠実に反映するのではなく、社会への抗議のひとつの形として、しばしばエスペルペント(9)や笑劇の形をとる。その一方で文学言語は二次的な役割にとどまる。ドミンゴ・ミラスの作品は、歴史的テーマや政治的抑圧の告発を扱っており、またいくつかの作品では現実をグロテスクに変形していることから、前述の二世代双方の特徴を併せ持っているといえる。

作者本人が語るところによれば、歴史とは「犠牲者の巨大な堆積で、しかも犠牲者があらたな犠牲者を再生産する。社会が存在するというそれだけの理由で、疎外や失敗や社会不適合者の切り捨てなどが果てしなく繰り返される」。彼が描くのは権力の被害者だ。権力は真の敵で、「たとえ必要悪であろうとも、その存在自体が悪だ。権力のない社会はユートピアに過ぎないかもしれないが、芸術家にはユートピアを追求する義務がある」。女性たちはドミンゴ・ミラスの作品群で中心的位置を占める。そして彼はある時点から、権力や逆境の犠牲者である、異端で周縁の女性たちを取り上げることが多くなった。

ドミンゴ・ミラスのこうした思想は『尼僧少尉』にはっきりと反映されている。以下のあらすじでわかるように、作者はフェレール版に忠実に話を進めている。作品全体は入れ子型構造で、九つの「場」から成る。第一場は一六三〇年に設定され、アントニオ・デ・エラウソが新大陸に最終的に渡航する場面だ。エラウソは船の中でみずからの半生に関する手記——フェレール版の

「自伝」――を執筆し、まもなく書き上げるところだ。船長はエラウソの許しを得て、「自伝」の原稿を読み始める。劇はいくつかの出来事をつなげて進行していく。すなわち、修道院からの逃走（第二場）、コンセプシオンでフランシスコ会修道院に逃げ込むが、図らずも兄を殺害（第三場）、アンデス山脈越え（第四場）、嫉妬深く暴力的な夫からドニャ・マリアを救うために彼女を連れて逃走（第五場）、新《ヌエボ》シッドとのカードゲームの勝負と斬り合い（第六場）、ウアマンガの司祭に助けを求め、女性として生まれたことを告白（第七場）、そして教皇ウルバヌス八世との面会（第八場）。これらの出来事の後、最終の第九場は再び一六三〇年、新大陸に向かう船中に戻る。エラウソは「自伝」原稿を読み終えた船長に対し、新大陸では運搬業をなりわいとして暮らすつもりだという決意を伝え、芝居は幕を下ろす。フェレール版で語られているその他のエピソードは、筋の進展にあわせ、回想として挿入される。たとえばエラウソとドニャ・マリアとその夫の関係が扱われる第五場では、エラウソが女農場主の娘とあわや結婚という過去のエピソードが挿入されるという具合だ。そのため話がいささか複雑になり、ときには三つの時間の層――エラウソが新大陸への航海をする一六三〇年と、「自伝」の中で語られるエピソードの起こる時と、エラウソが回想する過去のエピソードの起きた時――が存在することになる。その一方、作者は他の作品のように登場人物の無意識や内面を表現する手法を用いていないのだが、これは作者自身の言葉によれば、主人公エラウソがそれだけでじゅうぶん特別で比類のない存在だからだ。

では、この作品が伝えるエラウソのイメージについて考えよう。第二幕でカタリーナ・デ・エラウソは自由を求め、世界を旅したいと願って修道院を抜け出す。伯母にあたる修道院長がカタリーナのような生まれの女性には、結婚か修道女か貴族の家で仕えるかの三つの生き方しか可能性がないと言った時、彼女は幼い頃から兄のミゲルとは異なる扱いを受けてきた不当性を訴える。

エラウソ　私がとても幼かった頃、兄のミゲルと家でよく遊んだものでした。私は兄よりもふたつ年下なのに、体力も知力も負けはしなかった。でも今兄はインディアスにいて少尉の身分、一方の私はどうがんばってみても行く末は修道女。私にはわからない。（中略）女であっても男より劣るわけではないのに。

ジェンダーの固定観念を打破することが自由と充足に到達する道であり、そのためには新たな名前と新たなアイデンティティの獲得が必要だ。

エラウソ　（修道院から逃げ出す準備をしながら独白で）男であれば、世界はどこからでも食いつける食べ頃のザクロの実。（中略）この広い世界、それがカタリーナ・デ・エラウソの家、いや、自分自身に新しい名前をつけよう。どんな名前かわからないが、自分が望む名前を名乗ろう、それすら私は自由にできるのだから。

第八場では、教皇ウルバヌス八世の言葉をとおして、エラウソの犯した行為に対する権力側の反応を知ることができる。教皇がもっとも危惧しているのは、社会の欄外に生きる者が社会で当たり前と受け入れられることによって、異端を広めることだ。

教皇　（エラウソに男装の許可を与えたあと、枢機卿に向かって）あの者は自然界の驚異、他に例のない事象、ただそれだけだ。（中略）例外的存在であっても、追随する者が出たりしないのであれば、危険はない。（中略）誰かが秩序を破るのであれば、秩序そのものがその者を潰すのが常道。あの女は軍隊のあとをついて歩く売春婦に身を落としてもおかしくはなかった。だが自分の力で道を切り拓き、秩序の外に出て、秩序を利することもなければ秩序を乱すこともないひとつの驚異へと姿を変えた。もしもカタリーナ・デ・エラウソが何人も出てくるようであれば、そうなれば確かに、秩序も崩壊してしまうだろう。

要するに、公権力も教会権力も、エラウソが自由に選び取ったアイデンティティを持ち続けることは認めるものの、それはこの人物が異常として扱われる代償と引き換えなのだ。こうした境遇は懲罰あるいは有罪判決のようなもので、エラウソはそこから逃れることができず、ふたたび犠牲者になる。だがエラウソはみずからの行動が例外的とは認めない。自分自身の決意に基づいて人生を築いてきたこと、それは社会制度が女性に強いる服従に抗えば誰にでも手に届くものであると主張する。

エラウソ　他の女たちと私の違いは行為ではなく願望する意思にある。私は自分自身の好みと生来の気質に正直に生きたいと望んだ。望むことを実行した、それだけのこと。どうして他の女たちは願望に正直に生きないのか、それが私にはわからない。彼女たちは修道院や夫に縛られ、諦めてしまっている。何故だか私にはわからない。どんな女でも心から望むのであれば、私と同じことをできるであろうに。

教皇から男装で通すことを認められたエラウソではあるが、結局のところ自分はスペインやイタリアで人々から「翼のはえた猫」、「檻の中で跳ねている雌猿」のように扱われたと述べる口調は苦渋に満ちている。ドミンゴ・ミラスの研究者であるビルトゥデス・セラーノは、エラウソの乱暴や狼藉は罪に問われないのに、ジェンダー規範の逸脱は罰せられる、なぜならこれこそがエラウソの犯した罪だからだと述べる。見世物のように扱われるという社会的制裁に対してエラウソに残された道はただひとつ。すなわち、自分を知る者のいないベラクルスでラバを引く運搬業の仕事につく。武器を手に戦うのと違い、地味で名声にも縁のない仕事だが、自由を保障されている仕事だからだ。

エラウソ　わたしは国王陛下の軍隊で戦ったこともあるし、武勇で名を馳せたこともある。だが結局は縁日の見世物、芝居の道化役に貶められてしまった。もうたくさん。今は、望むことだけではなく、我が身のためになることを求めたい。地味ではあるが自由で気楽な仕事につき、誰に仕えることもなく、馬を駆って見知らぬ土地を旅したいのだ。

ドミンゴ・ミラスにとってエラウソの物語はこの上なく興味深いものだった。複雑な人格を備え（罪を犯すこともあれば、抑えがたい自由への希求に見られるように理想を追い求めることもある）、悲劇的で（人生に成功したように見えても、実際には制裁を受けている、あるいは犠牲になっていると感じている）、世間から理解されない。この戯曲を書いた作者の考えによれば、すべての女性は、社会秩序によって課される不利な立場と選択の幅の狭い運命から自らを解放することができる。男性のアイデンティティを獲得し、修道院生活を捨て兵士になるという決意は、エラウソの生きた時代には理解しがたいものだっただろう。しかしこの作品が書かれた時代のフェミニズムの視点に立てば、じゅうぶん理解できることなのだ。[10]

ドミンゴ・ミラスの戯曲『尼僧少尉』は、巧みな作劇技術や、登場人物たちのセリフの的確で豊かな言葉の使い方によって優れた作品となっている。作者の確固たる信念により、エラウソの物語は現代的な問題を提起するあらたな戯曲として生まれ変わった。なおこの作品は、一九九三年に作者の生まれ故郷であるカンポ・デ・クリプターナで初演され、二〇一三年には国立演劇センターで再演され、好評を得た。

おわりに

本章では、エラウソの物語の舞台とスクリーンへの翻案を考察の対象とした。まず黄金世紀のコメディアにおいては、社会的に男として認知されたいと望み、女性のアイデンティティをかたくなに拒絶してきたエラウソが、幕切れでは一転してみずからが女性であることを認めて赦しを乞うところに教訓的意図を読み取れる。商業的な大衆映画として製作された一九四四年のメキシコ映画は、性役割分担に関して伝統的で保守的なメッセージを伝えることに終始しており、伝統的価値観に異を唱えるのは、エラウソが父親から受ける教育と、女性は意志の強さと聡明さでは男性に優るという発言のみだ。一九八六年のスペイン映画もまた、様々なエピソードを連ねながらもエラウソの人物像を説得力のある形で提示してはおらず、イネスへの愛に表されるような女性への恋愛感情と自由を求める心情がかろうじて描かれたのみだった。最後に取り上げた劇作家ドミンゴ・ミラスは、エラウソを社会に適応できず、権力によって疎外され見捨てられた存在と捉え、エラウソの物語によって現代社会の変革すべき側面に光を当てた。以上の四作品は互いに異なるものではあるが、総体としては、カタリーナ・デ・エラウソという稀代の人物の内心の葛藤、行動に駆り立てる内的動機、その生き様が社会に提起する問いかけについて多角的な視座を与えてくれるだろう。

注

（1）Ignacio Arellano, «Convenciones y rasgos genéricos en la comedia de capa y espada», *Cuadernos de Teatro Clásico*, 1988, 1, pp. 27-49.

（2）使用した版は Gabriel Andrés(ed.), *La Monja Alférez. Famosa comedia atribuida a J. Pérez de Montalbán*, Pesaro: Metauro Edizioni, 2020。なお作品分析やこの作品の上演史についても、編者である Gabriel Andrés の解説を参考にした。

（3）Carmen Bravo-Villasante, *La mujer vestida de hombre en el teatro español (siglos XVI-XVII)*, Madrid: Sociedad General Española de Librería, 1977.

（4）*El Boletín de Olmedo Clásico*, 5, julio de 2024, p. 3.

（5）Paco Ignacio Taibo I, *La Doña*, México D. F.: Editorial Planeta Mexicana, 1991.

（6）Emilio García Riera, *Historia documental del cine mexicano*, Guadalajara: Universidad de Guadalajara, 1992, vol. 3, p. 124.

（7）以上この段落で述べたことに関しては Román Gubern, *Historia del cine español*, Madrid: Cátedra, 2010 ならびに Sally Faulkner, *Una historia del cine español: cine y sociedad, 1910-2010*, Madrid y Frankfurt a. M.: Iberoamericana y Vervuert, 2017 を参照した。

（8）使用した版は Domingo Miras, *La Monja Alférez*, Edición, introducción y notas de Virtudes Serrano, Murcia: Universidad de Murcia, 1992. なお作品分析についても、編者である Virtudes Serrano の解説を参考にした。

（9）作家ラモン・デル・バリェ＝インクラン（一八六六～一九三六年）が始めた、現実をグロテスクにデフォルメする小説や演劇の形態のこと。

（10）ただし、この作品の主人公は女性差別を生み出す社会構造に正面から向き合っていないとして、ドミンゴ・ミラスのフェミニズムを疑問視する意見もある（María Asunción Gómez, «El problemático "feminismo" *de La Monja Alférez* de Domingo Miras», *Espéculo: Revista de Estudios Literarios*, 41, 2009)。

第6章

「獰猛な虎」か「高貴な子猫」か？

フェレール版カタリーナ・デ・エラウソ伝の翻訳・翻案の比較研究

¿«Leona furiosa» o «gatita noble»?: Historia de la Monja Alférez de la edición de Ferrer y sus adaptaciones

坂田幸子
Sachiko Sakata

はじめに

カタリーナ・デ・エラウソがその半生を語った手記はながらく手稿あるいはその写しの状態で文書館等に保管されたまま、活字化されることがなかった。これが書物としてはじめて印刷・出版されるのは、十九世紀前半のパリにおいてである。編纂したのは、実業家・政治家のホアキン・マリア・フェレール（一七七七〜一八六一年）で、エラウソと同じバスク地方の出身だ。フェレールが編纂し出版した書物によって、この稀代の人物が広く世に知られる端緒が開かれたのであり、以降、尼僧少尉エラウソ伝は国境を越え、多くの翻訳や翻案の対象となり、人々の興味や関心をかきたててきた。

この章では、フェレールの編纂した書物（一八二九年、スペイン語）、アブランテス公爵夫人による翻案（一八三六年、フランス語）、アレクシス・ド・ヴァロンによる翻案（一八四七年、フランス語）とトマス・ド・クインシーによる翻案（一八四七年、英語）の四作品を紹介し、その特徴や影響関係などについて論じる。章の最後では、ジョゼ＝マリヤ・ド・エレディヤのフランス語翻訳（一八九四年）と佐藤春夫の翻案小説（一九三〇年）も簡単に紹介する。

1　フェレール編纂『尼僧少尉カタリーナ・デ・エラウソ伝』(1)

出版の経緯と時代背景

フェレール編纂の版について述べる前に、彼が一八二九年にパリでこれを出版するに至った時代背景を説明しよう。フェレールによるエラウソ伝の出版、続くアブランテス公爵夫人やアレクシス・ド・ヴァロンの作品誕生の背景を理解するためには、十九世紀前半のスペイン・フランス両国間の関係や文芸思潮を知ることが必要だからだ。

一八〇八年、ナポレオン軍がフランスからピレネー山脈を越えてイベリア半島に侵攻し、ナポレオンはフェルナンド七世を退けて、みずからの兄ジョゼフをスペイン国王とする。侵略に抵抗する民衆とナポレオン軍との戦闘がスペイン各地で繰り広げられた。装備や規律において勝るナポレオン軍に対し、スペイン側は山岳地帯の地形を利用して非正規軍の少人数部隊による奇襲攻撃で応戦する（スペイン語で「小さな戦争」を意味するゲリラという語は、これに由来する）。苦戦を強いられたナポレオン軍は、一八一三年、ついにイベリア半島から撤退。これを受けてフェルナンド七世がスペイン国王の座に復位するのだが、それでもなおスペインの政治的混乱は続く。国王は国民から大きな期待を受けて復位したにもかかわらず、厳しい反動政治を敷いて言論や思想を統制したからだ。これに反発する自由主義者たちは一八二〇年に反乱を起こし、政権を奪取して民主主義国家の建設を目指す。しかし三年後の一八二三年、復古王政下のフランスから派遣された大軍、「聖王ルイの十万の息子たち」によって絶対王政が復活。フェルナンド七世による反動的な政治は、一八三三年にこの国王が亡くなるまで続く。

この間、両国間の往来は一気に加速し、増加した。ナポレオン戦争中はフランス兵が大挙してイベリア半島に進軍してきた一方、スペインからは戦争捕虜たちがフランスに連行されていった。一八二三年のフランスの軍事介入時には再度、フランス軍が大挙してスペインに来て、これによって絶対王政が復活すると、今度はスペインの自由主義者たちがイギリスやフランスに逃れ、彼らの亡命生活はフェルナンド七世が亡くなるまで続いた。こうした一連の出来事が契機となり、フランス国内でスペインに対する関心が一気に高まることとなる。

この時期は、文学や芸術の分野ではロマン主義の時代であった。ナポレオン軍に対する抵抗運動でスペイン民衆が見せた、並外れた勇気、理性に制御されることのない激しい感情の表出や直情的な行動は、これらを見聞した人々によってフランスに喧伝されることとなり、フランス・ロマン主義の詩人や作家たちを瞠目せしめ、魅了した。さらにロマン主義者たちは画一化されていない、それぞれの土地ならではの風景や習俗を愛《め》で、そうした美を「画趣に富む」という表現を用いて評価した。八百年近くの長きにわたりイスラーム文化と接触した歴史を有するスペインは、フランスの作家たちにとっては隣国でありながら異国情緒を喚起するオリエントの地でもあった。

ちなみにその頃のフランス文学でスペインを題材とした主な作品としては、ミュッセの詩集『スペインとイタリアの物語』(三〇年)、文学における自由を高らかに謳いあげた序文を付したユゴーの戯曲『エルナニ』(三〇年)、メリメの小説で名オペラの原作となった『カルメン』(四五年)、同じくメリメの歴史小説で、青池保子のコミック『アルカサル』の底本である『カスティーリャ王ドン・ペドロ一世伝』(四七年)や、ゴーチエの旅行記『スペイン紀行』(四〇年)などがある。いずれ劣らぬ名作ぞろいである。

さて話をホアキン・マリア・フェレールに戻そう。彼は一七七七年、バスク地方に生まれた。南米との交易で財を成し、自身も南米に渡って数年を過ごしたのち、一八一五年に帰国する。熱烈な自由主義者であるフェレールは政治活動に身を投じたが、二三年の絶対王政の復活で民主主義国家実現の夢が消えると、フェルナンド七世の弾圧から逃れるため、まずはロンドンへ、続いてパリへと亡命する。フェルナンド七世が亡くなるまでパリで亡命生活を送り、その後祖国に戻って政界に復帰した。

彼は実業家にして政治家であったのみならず、知識人で愛書家でもあり、亡命先のパリではセルバンテスの『ドン・キホーテ』をはじめとするスペイン古典文学を出版する事業を手がけた。出版事業に関連して、彼には気になっているものがあった。以前友人に見せてもらった、カタリーナ・デ・エラウソなる人物がみずからの半生について一人称で語る内容のテクストだ。詳細は省くが、実は友人が所有していたのは、第I部後半の「『自伝』成立の経緯」で述べた手稿Cを筆写した原稿だった。だがそれを所有する友人は、自分と同じような境遇でロンドンに亡命中だ。フェレールはロンドンから筆写原稿を取り寄せたのみならず、独自にこの人物に関する調査を開始する。

エラウソが新大陸より一時帰国してからおよそ二百年。帰国時にあれほど話題となったのに、この頃にはほとんど忘れ去られた存在になっていて、フェレールもエラウソが実在の人物であるのか、その驚嘆すべき体験の数々が事実なのかどうか、半信半疑だった。だが彼は亡命先から祖国の知人に依頼してエラウソの生まれ故郷サン・セバスティアンの教会に保存されていた洗礼証明書を見つけ出し生年を突き止めるなど、実証的に検証し、それが実在の人物であるとの確信を得る。そして調査によって発見されたこれら一連の資料も添えて、一八二九年、パリで『尼僧少尉カタリーナ・デ・エラウソ伝』出版にこぎつけたのだ。本論考では、これをフェレール版と呼ぶことにする。

書物の構成

フェレール版の構成を以下に記す。

〔口絵〕

エラウソの肖像画。

ドイツのアーヘンに住む美術コレクターの知人宅でフェレールが偶然にも発見した肖像画（原画は油彩だが、出版当時はまだ写真技術がなかったので、銅版画による複製）。一六二四年から三〇年にかけてのスペイン帰国中に描かれたものであろう。ながらくベラスケスの師匠であるパチェーコ作と考えられてきたが、近年の研究で、オランダ系両親のもとスペインで生まれ活躍したフアン・バン・デル・アメン作であることが判明した。

フェレール版の口絵

〔序文〕

フェレールがエラウソの手記の存在を知るに至った経緯や補足資料についての説明、ならびにエラウソの人物像についての個人的印象が記されている。

〔本文〕

エラウソの「自伝」本文。ただし本書の第I部で訳出した手稿Aではなく、手稿Cの筆写原稿に基づく。

〔追記〕

本文同様、これも手稿Cの筆写原稿に基づく。第I部後半の「カタリーナ・デ・エラウソのその後」でも述べたように、エラウソのその後については一六四五年にメキシコで運搬業をなりわいとしていた時点までしか情報がない。

〔補足資料〕

サン・セバスティアンの教会の洗礼証明書や、エラウソが幼少期を過ごした修道院の記録、セビーリャのインディアス総合文書館から取り寄せた書類などの資料六点。これらによってエラウソが一五九二年生まれの実在の人物であることが実証的に明らかにされた。フェレールは、エラウソが修道院から逃げ出したのが一六〇七年であるとも推測している

〔フアン・ペレス・デ・モンタルバン作の戯曲『尼僧少尉』〕

エラウソが南米より帰国中の一六二六年に創作・初演された戯曲（第II部第4章、第5章を参照）。フェレールはこの戯曲が、エラウソが生前いかに話題の人物であったかの証左であるとし、また当時すでに入手困難となっていたことも考えあわせて、巻末に資料として収録することにしたと述べている。なおこの戯曲の作者について、最近の研究ではルイス・デ・アラルコンとする説もある。

フェレール渾身の編纂による出版だったが、その翌年にはフランスで七月革命が起きて社会が混乱するなか、残念ながら当初はそれほど注目を集めることはなかった。だがその後、フランス

におけるスペイン熱の高まりとともに、フェレール版に注目し、これをフランス語に翻訳・翻案する作家が現れてくるのだ。

2　アブランテス公爵夫人「カタリーナ・デ・エラウソ、あるいは尼僧少尉」

アブランテス公爵夫人のスペイン体験

ロール・ペルモン（一七八四〜一八三八年）、のちのアブランテス公爵夫人は南仏のモンペリエに生まれ、父亡きあと母とともに上京する。才気煥発、巧みな会話術で、娘時代よりパリ社交界の注目を集め、ナポレオンからも可愛がられた。一八〇〇年に軍人ジャン＝アンドシュ・ジュノーと結婚。夫はナポレオンがイベリア半島支配を企てた戦争でポルトガル侵攻を指揮し、リスボンを占領した功績でアブランテス公爵の称号を授けられる。彼がスペイン各地の戦役に参加すると、彼女は夫に同行した。夫は一三年にフランスで没するが、未亡人となった夫人はパリ社交界で華々しい活躍を続ける。だがたいへんな浪費癖のため借金がかさんで膨大な額となり、それを返済するための手立てとして文才をいかし、作品を量産した。彼女が評判をとったジャンルは回想録だ。ナポレオンの帝政時代から七月王政期にかけての時期を扱った膨大な量の回想録を遺したが、イベリア半島での体験を記したものとしては、『スペイン生活の情景』全二巻（一八三六年）と『スペインとポルトガル滞在の回想録、一八〇八〜十一年』全二巻（一八三七年）がある。イベリア半島に滞在経験のある彼女は、スペイン通としてパリの社交界や文壇で一目置かれる存在だった。

「カタリーナ・デ・エラウソ、あるいは尼僧少尉[2]」

アブランテス公爵夫人は一八三五年から三六年にかけて刊行された、総勢三十名以上の作家による『イベリア半島――スペインとポルトガルの画趣に富む情景』という二巻本の下巻に、「カタリーナ・デ・エラウソ、あるいは尼僧少尉」と題する作品を発表する。書物全体の前書きにはこうある――「画趣に富む出版物への興味が時代の潮流になったというのに、スペインとポルトガルから構成されるイベリア半島がこれまで見過ごされてきたとはいかなることか。ヨーロッパでおそらく最も画趣に富む地域だというのに、この興味深い地域を網羅的に描いた書物はまだないのだ」。執筆陣には、デュマ・ペール、メリメ、ノディエ、ド・ヴィニーらが名を連ねる。すなわちこれは、フランス・ロマン派を代表する文人らによる紀行文、創作、評論などを集めたイベリア半島アンソロジーなのだ。

アブランテス夫人がこの書物に発表した「カタリーナ・デ・エラウソ、あるいは尼僧少尉」は、作品中で夫人みずからが書いているように、フェレール版を下敷きにしている。単に訳したのではなく、スペイン語の一人称の語りをフランス語の三人称で語り直したもので、「自伝」を伝記風の小説に仕立てた作品といえる。

前半はフェレール版に比較的忠実に、だが適度に省略しつつストーリーは進んでいく。ただ原作では、エラウソがみずからの心理について述べたり、行為の理由について語ったりすることはほとんどないが、アブランテス夫人は主人公を行動に駆り立てる心理の分析と説明を試みる。夫人によれば、サン・セバスティアンの修道院から逃亡し、新大陸に渡るまでのエラウソの行動の原動力となったのは自由の希求だ。修道院以外の世界を知らないエラウソは、それが何かもわからぬままに「自由を渇望」し、ついに修道院から逃げ出す。「ひとりぼっちで、護ってくれる人もいない！……でも彼女が欲していたもの、それは自由だった」

アブランテス夫人にとって、エラウソとはあくまでも男装した女性である。新大陸でのエラウソの行状の数々を語る場面では、ひとりの女性がなぜかくも残虐な行為を行うことができるのか、なぜそれほどまでに獰猛な心の持ち主たりえるのかという点に、強く興味をかきたてられている。エラウソのことを、「女の手と虎の心臓」、「つねに流血と戦闘に飢えた女」、「猛り狂った獅子のごとし」と原作にはない表現で脚色して描写し、ポルトガル人フェルナンド・デ・アコスタをカードゲームで口論となった日の夜に殺《あや》める場面では、「情熱が度外れの激情となり、それが狂暴な性分と結びついて、この女性を真に忌まわしく恐ろしい存在としている」と書くなど、エラウソの激しい気性と残虐性を強調する。その一方、男性と揉みあいになる場面で、男性の手がはずみでエラウソの胸に触れると、「彼女は一瞬、女に戻った」と、原作にはない細部を創作して女性であることを強調するのも忘れない。

さて作品後半になると、作者はエラウソの行動を心理面から説明しようとして、ストーリーの改変も躊躇しない。「自伝」の11章に、エラウソがクスコでルイス・ゴドイを殺した犯人だと容疑をかけられ逮捕、投獄されるものの、それが冤罪とわかって釈放されるという出来事がある。原作では手短に扱われているエピソードだが、アブランテス夫人はここにエラウソの心境の転換点を見て、この先の行動を理由づける。すなわち、この不当な投獄を機に、猛々しい気性は手が付けられなくなり、天を呪い、運命に逆らうことを畏れぬようになったというのだ。それに続く新《ヌエボ》シッドとの争いに至っては、アブランテス夫人ヴァージョンは壮絶の極みで、抗争は双方の仲間を巻き込んだ大乱闘となり、血の海が広がり死体の山が築かれることとなる。最後にエラウソは新《ヌエボ》シッドとの一対一の対決で瀕死の重傷を負って生死の境をさまよう。かろうじて命を取りとめるものの、長い療養のあいだに次第に気力が失せていった結果、高徳として知られるウアマンガの司教にみずから会いに行き、女性であることを打ち明けようと決意するのだ。

アブランテス夫人の語るエラウソの物語は、一六三〇年にふたたびアメリカ大陸に渡るところで終わっている。そして最後に全体を総括して、「この並外れた女性の生涯を読んだあとに覚える感慨は、単なる驚きをはるかに凌駕するものだ。人心の探究は、このような事例を前にしては不十分だとわかる」と述べる。そしてカタリーナ・デ・エラウソを「十六世紀から十七世紀にかけてのスペインの歴史上、最も稀有な人物のひとり」と評している。

この作品の主人公は、定められた運命に反逆し、束縛を嫌い、自由の追求のためであればいかなる危険をも厭わず、激情に突き動かされて行動する。アブランテス夫人はカタリーナ・デ・エラウソをフランス・ロマン主義的主人公として造形したといえる。

3　アレクシス・ド・ヴァロン「カタリーナ・デ・エラウソ」

アレクシス・ド・ヴァロンとスペイン

アレクシス・ド・ヴァロン（一八一八〜五一年）はフランス南西部のチュールに館を構える貴族の家柄に生まれた。パリで学んだ後、南欧からオリエントにかけて旅をし、その時の見聞をもとに旅行記『東方で過ごした一年』（五〇年）を著す。文芸誌『両世界評論』(3)にもたびたび作品を発表した。この雑誌に発表したスペイン関連の作品三篇のうち二篇は紀行文——「十番目の闘牛」（四六年）と「アンダルシア鳥瞰」（四九年）——である。前者はマドリードで見物した闘牛の一部始終を記したもの。後者は数か月にわたるスペイン南部の周遊をつづった旅行記だ。テオフィル・ゴーチエの『スペイン紀行』やプロスペル・メリメの小説『カルメン』など、先行するスペイン関連の文学作品を踏まえつつ、詳細な観察と正確な記憶にもとづき、繊細で緻密な描写をするあたり、紀行作家として優れた資質の持ち主だったことがうかがえる。だが彼は、館の近くの湖で舟遊びをしているときに舟が転覆し、わずか三十三歳で亡くなってしまった。訃報に接し、スペイン通として知られたプロスペル・メリメが『両世界評論』に追悼文を寄稿した。

「カタリーナ・デ・エラウソ」(4)

ド・ヴァロンが『両世界評論』に発表した前述のスペイン関連の作品三篇のうちの残りの一篇が、一八四七年二月十五日号に掲載された「カタリーナ・デ・エラウソ」である。アブランテス夫人と同様、フェレール版をフランス語三人称で語り直した伝記風の小説だ。作者は原作のエピソードを取捨選択し、時には順序を入れ替えたりして、アブランテス夫人のヴァージョンよりもさらにいっそう自由に改変、脚色している。そうした箇所をいくつか選んで紹介しよう。

まず、スペイン出発からペルーのパイタ港まで。航路の詳細や途中の出来事はすべて省略されて、船はいきなりパイタ港沖で嵐に見舞われる。エラウソ以外の船員はみな小舟で脱出するも、すぐに荒波に呑まれて消えた。エラウソは船長とともに船に残るが、船の損傷が激しいのを見て取ると、とっさに筏を作り、沈みゆく船から間一髪、脱出する。しかもその際、積み荷の金貨をまんまと持ち出す。老船長はエラウソの後に続こうとするが、船の甲板で頭を強打して命を落とす……このエピソードの直前で、作者は読者に向けて、「これはいささかも作り話ではなく、カタリーナは私が描くままの姿で実在した」と断り書きをしているが、それにもかかわらずなんと荒唐無稽な冒険譚に作りかえてしまったことか。

ところでスペインからパイタ港までの航路が省略されているのには理由がありそうだ。というのもド・ヴァロンは別の箇所でエラウソのことを、「(南米大陸の南の)ホーン岬を廻ってきた水夫」と書いている。第Ⅱ部第1章で横山和加子が書いているように、当時はスペインからの艦隊はカリブ海沿岸、現在のパナマ国にあるノンブレ・デ・ディオス港に着いた。人々はそこから河川と陸路でパナマ地峡を横断して太平洋側へ移動し、あらたに乗船して南米大陸西岸を南下していったのだ。ド・ヴァロンはこのことを知らず、スペインの艦隊は南米大陸の南端を廻りこんでから北上し、ペルーをめざしたと思い込んでいたのだろう。

エラウソが決闘で、相手が兄とは知らず剣を交える場面にはかなり脚色が施されている。決闘が行われたのは、「熱帯近くの地域では激しい嵐の前兆である暗く息苦しい夜」のことだった（とはいえ、このエピソードの舞台となったチリのコンセプシオンは南緯三十六度五分。ちなみに東京は北緯三十五度。いずれも「熱帯近く」ではない）。エラウソは、自分が倒した相手の「ああ、裏切者め、やられた！」という声を聞き、「ミゲルなのか？」と兄の名を呼ぶのだが、その瞬間、「恐ろしい雷鳴がとどろき、あたりを赤々と照らして稲妻が走る」。エラウソは「茫然自失で兄の上に倒れこみ」、「悲痛な叫び声を上げる」。「自伝」とは異なり、兄はその場で絶命する。騒ぎを聞いて駆けつけた修道士たちが兄の亡骸を運ぶと、エラウソは「泣きながらあとをついていく」のだ。激しい感情の噴出と、それを投影したかのような劇的な自然描写により、「自伝」とはまったく異なる印象を与える。

作品中に出てくる人物の描写にも注目したい。ペルーでエラウソが最初に仕える主人の愛人ベアトリスは、「魅力的な歯並び、切れ長の目、美しい黒髪にアンダルシア女のような体つき」をしている。あるいは、アンデス越えをしたエラウソが、憔悴して倒れていたところを女農場主に助けられる箇所。女農場主の娘は「アンダルシア女特有の気をそそる容貌に、ペルー女に共通のほっそりした体つき、柔和な眼差し、蠱惑的で物憂げな様子」と、原作の「自伝」とは正反対の印象になっている。さらに、ペドロ・デ・チャバリアの妻のマリアの容貌にいたっては、「美しいアンダルシア女」で、その装いは「繻子の被り布《マンティーリャ》をまとい、左右のこめかみに赤いカーネーションを差し、扇を手にしている」。マリアの不倫相手だったカルデロンも、アンダルシア男としてギターを取り出し、アンダルシア民謡を歌い、奏でるのだ。フランス・ロマン主義文学において、スペインのなかでも特に南部のアンダルシア地方は長きにわたるイスラーム教徒との文化接触の結果はぐくまれた独自の景観や習俗ゆえ、異国情緒満載の憧れの地として描かれた。ド・ヴァロンは登場人物を次々とアンダルシア出身に変え、読者たちの好む要素をちりばめて、作品を改変している。

エラウソの最期は謎に包まれた死として描かれる。すなわち、新大陸から祖国に帰還したエラウソは数年後、再びアメリカ大陸に渡航し、船はメキシコ東岸のベラクルス沖に停泊する。暗い夜で荒れた空模様にもかかわらず、乗組員らは沖から小舟に乗り換えて港に向かう。だが上陸したとき、小舟にエラウソの姿はなかった。あやまって海に落ちたのか、それとも……ちょうどその時間帯に、あたりに硫黄の臭いが漂ったことから、エラウソが姿を消したのを悪魔の所業と考える人もいる……（悪魔が現れた場所には硫黄の臭いがするとされていた）

ド・ヴァロンの語るエラウソの生涯は以上だ。そして最後にエラウソという人物に関するみずからの感想を述べている。すなわち、「思慮深い読者であれば、この物語を、道徳上の観点から非難すべきとすら考えるだろう。（中略）だがこの人物の犯した罪は、それがいかに重大なものであろうと、嫌悪を催させない。（中略）彼女は悪意もなく、自慢するでもなく、ましてや弁明する気持ちなどさらさらなく、今の時代なら重罪に問われかねない出来事をみずから語るのだ」

アレクシス・ド・ヴァロンの翻案小説は、人物描写は表面的で、荒唐無稽な書き換えも多々あるが、与えた影響は少なからずあった。『両世界評論』という影響力のある雑誌に掲載されたことにより、カタリーナ・デ・エラウソの存在が広く知られるようになったのである。実際、そのわずか数か月後には、この人物を主人公とする新たな小説がドーヴァー海峡の彼方で誕生することになる。

4　トマス・ド・クインシー「スペインの軍人尼僧」

トマス・ド・クインシー

イギリスの特異な作家、トマス・ド・クインシー（一七八五～一八五九年）は、マンチェスターの裕福な繊維貿易商の家に生まれた。幼少時より学業に秀で、語学、特に古典語（ラテン語とギリシャ語）の習得に並外れた才能を見せ、書物を読み漁った。オックスフォード大学で学んだが卒業にはいたらず、やがて崇拝するイギリス・ロマン派の詩人、ワーズワスやコウルリッジの住む湖水地方へ移り住む。亡き父の遺産も早々に使い果たして経済的に困窮し、敬愛していたはずの詩人たちとの人間関係にも悩んで、かねてより使用していた阿片を常用するようになり、中毒症状をきたした。生活のためにさまざまな雑誌に発表した各種評論、随筆、回想記、小説など膨大な量の作品はいずれも饒舌な文体でつづられ、博覧強記の人ド・クインシーならではの知識が開陳されている。代表作『阿片常用者の告白』(一八二一年)では、みずからの半生を振り返って述べたのち、阿片常用でもたらされた幻覚を綴った。

余談だが、ド・クインシーは一八三〇年代なかば、経済的困窮のきわみで借金を返済できなくなった。当時彼が住んでいたエディンバラでは、ホリールード宮殿の敷地内に債務者を保護する聖域があったので、そこに逃げ込んで、債務不履行による逮捕を免れたという。刃傷沙汰のたびに教会に逃げ込んだエラウソをどこか彷彿とさせるエピソードである。

「スペインの軍人尼僧(エスパニヤ尼侠伝)(5)」

前述のアレクシス・ド・ヴァロンのエラウソ伝が『両世界評論』に発表されたのが一八四七年二月。それに着想を得てド・クインシーが書いたエラウソ伝は、当時彼の重要な寄稿先であった雑誌『テイツ・エディンバラ・マガジン』に、早くもその年の五月号、六月号、七月号と三回にわたって掲載された。なお、同じ雑誌の三月号にジャンヌ・ダルク論の前半が掲載されているが、ド・クインシーは『両世界評論』のエラウソ伝を読んで自分もこの人物を主人公とする作品を書きたい気持ちを抑えられなかったものか、ジャンヌ・ダルク論を中断して五月号から七月号までエラウソ伝を発表し、八月号にダルク論の続きを発表した。ジャンヌ・ダルクとカタリーナ・デ・

エラウソは、ともに女性として生まれながら剣を取って戦ったというだけではない。ド・クインシーの考えによれば、信仰心に由来する気高い心の持ち主という点でも相通ずるものがあった。実現はしなかったものの、彼はエラウソ伝とダルク論をひとつの本にまとめて出版することも考えていたようだ。

ド・クインシーは執筆にあたって、ド・ヴァロンの間違いや細部の改変も引き継いだ。たとえば、エラウソの乗った船はスペインを出発したのち、ホーン岬を廻ってペルー沿岸を進む。またあや絞首刑という時、エラウソは絞首刑用の縄の結び方が下手だとして死刑執行人を叱責するが（「自伝」第9章）、ド・ヴァロンは、死刑執行人に代わりエラウソみずからが縄を結ぶという細部を加えた。ド・クインシーはこの細部をそのまま拝借したのみならず、エラウソは船乗りとしての経験により縄の結び方が上手かったという説明まで創作、加筆している。また、アンデス越えのあとで出会う女農園主の娘は、「アンダルシア女性の堂々たる歩きぶりと、ペルー女性の汚れない艶やかで思わせぶりな眼をもつ」美しい娘だし、チャバリアの妻マリアは「輝くばかりのアンダルシア美人」だ。

だがド・ヴァロンの作品を下敷きにしてはいても、「スペインの軍人尼僧」はまぎれもなくド・クインシーの作品である。アンダルシア女性の美しさに言及してはいても、それはド・ヴァロンの描写をそのまま受け継いだからにすぎず、異国情緒をことさら強調しようとする意図は見られない。また主人公の造形は、先行する他の作者たちのエラウソ像とは大きく異なる。まずはその呼び名に注目してみよう。物語の冒頭、作者は幼い主人公を「猫ちゃんpussy」と呼ぶ。ほどなくして主人公の名前が明かされる――「その子猫kittenはずっと前に洗礼名を授けられていた。それはキティKittyもしくはケイトKate（キティもケイトもキャサリンの愛称）、スペイン語ではカタリーナCatalinaである。もともとの猫ちゃんpussyという呼び名を想起させるよい名前だ」。キティとは普通名詞として「子猫」の意味でもあることから、カタリーナ・デ・エラウソには「子猫」のイメージが付与される。さらに、スペイン語のカタリーナは英語でキャサリンだが、この名はド・クインシーが敬愛していた詩人ワーズワスの娘の名でもある。わずか四歳の誕生日も迎えられずに亡くなったこの娘のことを、ド・クインシーは溺愛していた。[6] 作品冒頭、ド・クインシーは、幼いエラウソが修道院に預けられる場面を想像力で補い、情愛をこめてこまやかに描くが、そこにはこの作家が愛情をそそいだワーズワスの幼い娘の面影が投影されているのかもしれない。文体はといえば、ド・クインシーならではの高揚感あふれる饒舌な語り口で、脱線を繰り返し、随所で博識――たとえば、ビスケット作りの名人であるボーボー夫人について、あるいはブランデーの救命的効能について――が披露される。

　この作品の白眉は、アンデス山脈越えのエピソードだ。ド・クインシー自身が作中で述べているように、ここで彼はコウルリッジの長詩「老水夫行」――老水夫の乗り組んだ船が漂流して南極近くの氷の世界を漂い、罪なきアホウドリ殺害によりもたらされた呪いや、他の船乗りたちの相次ぐ死など、さまざまな苦難と超常現象に遭遇したのち、帰還する物語をうたう――を想起し、それに重ね合わせるようにしてエラウソのアンデス登攀を描く。すなわち、エラウソは兄を殺害した罪の意識にさいなまれながら放浪し、途中で道連れも失い、ただひとりアンデスの雪と氷に閉ざされた世界をさまよい、絶望し、疲弊しきって幻覚に襲われるのだ。意識が次第に薄れていくなか、眼前に現れたと思ったのはオリーヴの森であり、思い出したのは故郷サン・セバスティアンの教会の鐘の音であった…… エラウソは兄殺しの罪を悔い、雪の中で死の危機に瀕して真摯に祈るが、この祈るという行為によりド・クインシー作のエラウソは高貴な存在へと昇華する。「ケイトは多くの点で高貴だった。いかにひどい過ちを犯すときも、それが利己心や欺瞞の形をとることはけっしてなかった。彼女は勇敢で、心が広く、寛恕の精神の持ち主で、いかなる悪意も抱かず、真実そのものだった」――これが、ド・クインシーの語るみずからの主人公の人となりである。

5　ジョゼ゠マリヤ・ド・エレディヤ訳『尼僧少尉』

ジョゼ゠マリヤ・ド・エレディヤ

十九世紀後半のフランスの詩運動である高踏派を代表する詩人ジョゼ゠マリヤ・ド・エレディヤ（一八四二～一九〇五年）は、当時はまだスペイン領だったキューバで由緒ある家柄出身の父とフランス人の母のあいだに生まれた。九歳でフランスに渡り、いちどはキューバに帰国するものの再び渡仏して、その後はフランスに定住し、詩人としての道を歩む。一八九三年に生涯唯一となる詩集『戦勝牌』を上梓。ここには神話世界から古代・中世を経て大航海時代に至る人類の歴史を、彫琢された詩文でうたいあげるソネット（十四行詩）が百篇以上、さらに詩集末尾には長詩が数編おさめられている。また翻訳家としては、一八七七年から十年かけて、メキシコの征服戦争に加わった武人ベルナル・ディアス・デル・カスティーリョの大著『メキシコ征服記』の仏語訳を発表した。一八九四年には詩人としての功績が認められ、フランスの文人としての最高の名誉であるアカデミー・フランセーズの会員に推挙された。

『尼僧少尉』(7)

アカデミー・フランセーズ会員への推挙と同じ一八九四年に出版されたのが、フェレール版をフランス語に訳した『尼僧少尉』である。『尼僧少尉』の出版元は、高踏派詩人たちの作品刊行を多く手がけ、高踏派の活動の拠点ともなったパリのルメール書店。挿画は、スペイン出身で、パリに移り住み、雑誌や書物の挿絵で活躍したダニエル・ヴィエルジュ（一八五一～一九〇四年）が担当した（第I部の和訳部分の挿画は、すべてこのダニエル・ヴィエルジュによる）。これは翻案小説ではなく、フェレール版〈本文〉のフランス語訳である。アレクシス・ド・ヴァロンの作品では、フェレール版のスペイン語テクストの読み違いに起因するミスも散見されるが、スペイン語ネイティブであるエレディヤの訳はさすがに正確だ。原文に忠実で、しかも端正で明晰なフランス語に訳すあたりは、高踏派詩人として名を馳せたエレディヤの面目躍如であろう。

前述のように、エレディャは『メキシコ征服記』を仏訳している。また、詩集『戦勝牌』には「征服者たち」という項目で八編のソネットが掲載され、さらに詩集掉尾を飾る長大な詩はインカ帝国を征服したフランシスコ・ピサロの生涯をうたったものだ。スペインを船で出発したのち、カリブ海からパナマ地峡を経て太平洋に出て、南米大陸沿岸を船で、やがて陸路で南下し、クスコへと至るピサロの遠征はエラウソの辿ったルートともおおむね重なる。また、なによりもエレディヤ自身が中南米と欧州の双方にルーツを持つ人であった。エレディヤにとってエラウソとは、自分自身のアイデンティティとどこか重なる点があると感じられた存在だったのかもしれない。

なおエレディャは、本の末尾に掲載した書誌情報のなかで、アレクシス・ド・ヴァロンの「カタリーナ・デ・エラウソ」に言及し、「尼僧少尉という稀有な人物を実に腹立たしく歪曲している。かくも個性的な回想録はフランス語に忠実に訳されるべきである」と述べている。

6　佐藤春夫「剣侠尼僧伝」

佐藤春夫

佐藤春夫（一八九二〜一九六四年）は旧制中学時代より文芸誌に短歌を投稿し発表するなど、早くから文学活動に身を投じた。その作品は小説はもとより、随筆、評論、詩歌、童話、戯曲、評伝など多岐にわたり、生涯をつうじて旺盛な創作活動を続けた。大正期日本文学を代表する小説

「田園の憂鬱」（一九一九年）では、都会の喧騒を逃れて武蔵野の田園地帯に移り住んだ主人公がみずからの内面を見つめ、鬱屈した心情を吐露する。中国語ならびに英語からの翻訳も多く手がけた。イタリアの児童文学を英語から訳した『ピノチオ（原文のママ）――あやつり人形の冒険』（一九二五年）は日本におけるピノキオの初の翻訳である。

「剣侠尼僧伝」[8]

佐藤春夫はトマス・ド・クインシーの『阿片常用者の告白』に影響を受けた短編「指紋」（一九一八年）を書くなど、この作家の熱心な読者だった。彼はド・クインシーによるエラウソの物語を翻訳して「剣侠尼僧伝」と題し、『新青年』一九三〇年八月号に発表する。『新青年』は大正から昭和にかけて発行された雑誌で、国内外の探偵小説を発掘、紹介したことで知られるが、小説だけではなくエッセイや文化情報もあれば、風刺画もあるというモダンな雑誌だった。佐藤春夫は訳す際、ド・クインシーの作品の随所にある博識披露や脱線はすべて省略し、その他の箇所もかなり割愛、省略したため、分量としてはド・クインシーの四分の一

初山滋による「剣侠尼僧伝」の挿画

程度であろうか。なお佐藤の名は訳者ではなく、作者としてクレジットされており、ド・クインシーの小説に基づくとはどこにも記されていない。紙幅はかなり削ったものの、筋の展開を追うのに支障なく、面白さを損なわないよう上手くまとめられ、冒険小説のようにして読むことができる。と同時にたとえば、「ケート（原文のママ）はただ一人でアンデス山の頂上に立っていた。彼女の周囲には闃《げき》として物音ひとつ聞えない永遠の寂寞があるばかりだった」という格調高い文章などは、佐藤春夫ならではのものだろう。もっとも、アンデスは山脈であって、山ではないのだが。そして地理上の勘違いということでいえば、スペインからエラウソの乗った船は、南米の南のホーン岬どころではなく、アフリカ大陸南端の喜望峰を廻航してペルーに向かうのである。挿画は多くの童話や絵本に優れた作品を提供した初山滋。ちなみに、後年、佐藤春夫は子供向けの評伝『コロンブス』（一九五〇年）（挿画は、茅葺屋根の民家を描いた油彩で知られる、昭和を代表する洋画家の向井潤吉）を著している。もしかしたら「剣侠尼僧伝」がきっかけとなり大航海時代に関心を抱くようになったのかもしれない。

おわりに

以上紹介してきたアブランテス夫人、アレクシス・ド・ヴァロン、トマス・ド・クインシー、ジョゼ＝マリヤ・ド・エレディヤ、佐藤春夫は、翻訳のエレディヤを除けば、いずれもエラウソの生涯の事蹟を取捨選択し組み合わせて、おのおのの流儀にあった作品に仕立てた。エラウソの生き様には、作家の創作意欲を刺激する強い力があり、そしてまたその「自伝」には、各作家の関心や作風に応じて語り直され、あらたに生まれ変わることのできる可塑性が備わっていたゆえだろう。

注

（1）Joaquín María de Ferrer (ed.), *Historia de la Monja Alférez, doña Catalina de Erauso, escrita por ella misma*, París: Imprenta de Julio Didot, 1829.

（2）La Duchesse d'Abrantès, «Doña Catalina de Erauso, ou La Monja Alférez», in *La Péninsule, Tableau pittoresque de l'Espagne et du Portugal*, Tome II, Paris: Bureau de la Péninsule, 1836, pp.5-34.

（3）『両世界評論』は一八二九年に創刊された総合雑誌。一八三〇年代から四〇年代にかけてはロマン派を代表するシャトーブリアン、ユゴー、ミュッセ、サンド、バルザックらの執筆陣が小説・評論・旅行記などを発表し、文芸思潮を主導した。

（4）Alexis de Valon, «Catalina de Erauso», in *Revue des Deux Mondes*, Paris, 15 février 1837, pp. 589-637.

（5）Thomas De Quincey, «The Spanish Military Nun», in David Masson (ed.), *The Collected Writings of Thomas De Quincey*, vol. 13, Edinburgh: Adam and Charles Black, 1890, pp.159-250. 雑誌初出時のタイトルはThe Nautico-Military Nun of Spainだが、一八五四年に著作集に収められる際、The Spanish Military Nunに改められた。日本では岩田一男による『スペイン剣侠尼僧譚』（トッパン、一九四九年。のちに『スペイン武勇尼僧伝』（評論社、一九六五年）と改題）、南條竹則による「エスパニヤ尼侠伝」（『ド・クインシー著作集』三巻、国書刊行会、二〇〇二年）と、いずれも名訳があるが、本論考での引用文は坂田の拙訳である。また、雑誌初出時のテクストも参考にした。Thomas De Quincey, «The Nautico-Military Nun of Spain», in *The works of Thomas De Quincey*, vol. 16, Robert Morrison (ed.), London: Pickering & Chatto, 2003, pp.90-145.

（6）Grevel Lindop, *The Opium-Eater: A Life of Thomas De Quincey*, Oxford: Oxford University Press, 1985, p.197. 一八三七年の雑誌初出時のヴァージョンでは主人公の名について、「キティ Kitty、つまりキャサリン Catherine もしくはケイト Kate、すなわちスペイン語のカタリーナ Catalina」とあり、ド・クインシーがキャサリンという名を意識していたことがうかがえる。

（7）Catalina de Erauso, *La Nonne Alferez*, Trad. par José Maria de Heredia, Paris: Lemerre, 1894.
（8）佐藤春夫「剣俠尼僧伝」、『新青年』昭和五年（一九三〇年）八月号、二九八〜三二七頁。

あとがき

この書物の出発点は、スペイン古典文学読書会という小さな集いだ。執筆者紹介を見ていただけばわかるように、古典が専門の者ばかりではない。メンバーの入れ替わりもあるなか、ながねん読書会の中心となってきたのが、誰よりも古典文学に造詣の深い竹村文彦だった。読書会では、ひと月かふた月に一度、顔を合わせて(二〇二〇年度以降はオンライン開催)、古典文学作品を輪読形式で訳読する。ひとつの作品を読み終えるのに数年かかる。フランシスコ・デリカード作『アンダルシア女、ラ・ロサーナ』(一五二八年)という、スペインからイタリアに渡った主人公がいかがわしい商売を生業としながらローマの闇社会を行き抜くという内容の長編を、四苦八苦、およそ六年かけて読了したのが二〇二二年の春。では次は何を読もうかとなった時、メンバーのひとり、カルロス・ガルシアの挙げたのが、その前年に画期的な校訂本が出たばかりの、カタリーナ・デ・エラウソの「自伝」すなわち『尼僧少尉の生涯と事蹟』だった。読み始めた時点では、我々の誰もその内容を詳しくは知らず、読み進めるにつれエラウソの所業の数々に驚きの声が上がった。我々が驚嘆し、惹きつけられたのは、エラウソの破天荒な生涯ばかりではない。その無骨でそっけない語りに秘められた喚起力たるやどうだろう。たとえば、十代半ばで見習い水夫となって船に乗り込み、新大陸に渡ったことについては、「艦隊の一員として航海しましたが、なにしろ新入りということでいささか苦労もしました」と書かれているのみだ。だがこの短い一文の中に、どれほどの思いや体験が込められているることか。あるいは、意図せずとはいえ兄を殺してしまい、司直の手を逃れて身を潜めた教会の聖歌隊席から兄の葬儀の様子を密かに見つめる場面、あるいはまた、アンデス山脈の寒冷地帯で、笑っているかのような表情を浮かべて死んでいる人を見つけた場面。いずれもごく簡潔に述べられているのみだが、そこには真実味があり、すぐれた文学作品がそうであるように、読み手の想像力を刺激する。

エラウソの「自伝」の翻訳と、それに関連した論考をまとめ、読書会の成果を一冊の本として刊行できないだろうか。いつしかそんなことを夢想するようになり、やがて本気で考えるようになり、出版社を探したところ、有難いことに気鋭の出版社である図書出版みぎわが引き受けてくれることになった。その時点での読書会メンバーは、五十音順にガルシア、竹村、棚瀬、田邊に坂田を加えた五名。さらに、本を出すのであれば、この作品の社会的・歴史的背景についての理解の一助となるような論考も必要だと考え、ラテンアメリカ史が専門の横山に声をかけた。こうして陣容が整い、読書会も順調に回を重ねて、二〇二三年夏に読み終えた。前述のように輪読会形式で読み進めてきたので、本書の第Ⅰ部『尼僧少尉の生涯と事蹟』の訳は実質的にはメンバー全員の共同作業によるものであり、訳者として名前の出ている坂田は、最終的に訳文を整える役割を果たしたに過ぎない。さて、作品を読了した後は、各自が自分の担当するテーマについて資料を読み込み、準備を進めて、二〇二四年となり、本格的に執筆にとりかかろうというその時、皆が頼りにしていた竹村の急逝という思いがけない事態に見舞われた。

あわや出版計画も頓挫かと思われたが、これを乗り越え、刊行にこぎつけることができたのは、ひとえにメンバー全員の頑張りと熱意によるものにほかならない。

そして、古典読書会は今も続く。新たなメンバーも加わり、ルイス・ベレス・デ・ゲバラ作『足の悪い悪魔』(一六四一年)を読んでいる。悪魔と学生のコンビがマドリードの町を探索し、人々の性癖や欲望、社会の腐敗を観察するという風刺小説だが、凝った文体に難渋し、毎回わずか数ページ進むのがやっとだ。しかし、数世紀にわたって読み継がれてきた作品を味わうのに、なにを急ぐことがあろう。

最後となりましたが、出版の機会を与えてくださり、立派な本にしてくださった図書出版みぎわの堀郁夫さんとブックデザイナーの宗利淳一さんに、執筆者一同、お礼申し上げます。

坂田幸子

二〇二五年立春

執筆者略歴（掲載順）

坂田幸子（SAKATA, Sachiko）※奥付参照

横山和加子（YOKOYAMA, Wakako）
慶應義塾大学名誉教授。専門はラテンアメリカ史。主な業績として「一六世紀メキシコからみたグローバルとローカル――女性と家族を中心に」（『岩波講座世界歴史14――南北アメリカ大陸 ～一七世紀』岩波書店、二〇二二年）、『メキシコ先住民社会と教会建築――植民地期タラスコ地域の村落から』（慶應義塾大学出版会、二〇〇四年）など。

竹村文彦（TAKEMURA, Fumihiko）（故人）
東京大学大学院名誉教授。専門はスペイン黄金世紀の文学。主な業績として「恋い焦がれる塵――フランシスコ・デ・ケベードの最も有名な恋愛ソネット」（『ODYSSEUS』第28号、東京大学大学院総合文化研究科地域文化研究専攻、二〇二四年）、ホルヘ・ルイス・ボルヘス『ボルヘスの「神曲」講義』（翻訳、国書刊行会、二〇〇一年）など。

棚瀬あずさ（TANASE, Azusa）
東京大学大学院総合文化研究科准教授。専門はスペイン語圏の文学、特に近現代詩。主な業績として「詩人ボルヘスとモデルニスモ――『創造者』論」（『迷宮』第13号、二〇二三年）、「周縁の詩的言語におけるモダニティ――イスパノアメリカ・モデルニスモの軽薄をめぐる考察」（『ラテンアメリカ研究年報』第41号、二〇二一年）など。

田邊まどか（TANABE, Madoka）
愛知県立大学外国語学部准教授。専門はスペイン黄金世紀の文学。主な業績として「フランシスコ・デ・ケベドの『シルバ』の変遷——『ナポリ手稿』を中心に」（『愛知県立大学外国語学部紀要　言語・文化編』、第55号、二〇二三年）、「ゴンゴラの『ポリフェモ』と牧歌の系譜」（『イスパニカ』第52号、二〇〇八年）など。

カルロス・ガルシア・ルイス＝カスティージョ（GARCÍA RUIZ-CASTILLO, Carlos）
広島大学外国語教育研究センター准教授。専門は応用言語学、スペイン語教育学。主な業績として“La conversación en ELE de aprendientes japoneses: posible influencia de la lengua materna y alternancias de código en la interacción” (Raúl Urbina Fonturbel, María Simarro Vázquez, Antonio Portela Lopa & Carmen Ibáñez (eds.) *Interacción, discurso y tecnología en la enseñanza del español*. Burgos: Universidad de Burgos, 2024)、“Dinámica de grupos e interacción entre pares en la enseñanza en línea del español como lengua extranjera en el contexto universitario japonés” (Matteo de Beni, Dunia Hourani Martín & Elisa Sartor (eds.), *Comunicación, traducción pedagógica y humanidades digitales en la enseñanza del español como LE/L2/LH*. Verona: QuiEdit; Università degli Studi di Verona, 2023) など。

【編訳者略歴】

坂田幸子（さかた・さちこ）

慶応義塾大学名誉教授。専門はスペイン語圏の文学。主な業績として「『27 年世代』の女性作家たち――コンチャ・メンデスとマリア・テレサ・レオン」（八嶋由香利編『スペイン　危機の二〇世紀』慶応義塾大学出版会、2023 年）、『ウルトライスモ――マドリードの前衛文学運動』（国書刊行会、2010 年）など。

尼《に》僧《そう》少《しょう》尉《い》カタリーナ・デ・エラウソ
時空《じくう》を超《こ》える冒険者《ぼうけんしゃ》

2025年5月10日　初版第1刷　発行

編　訳　　坂田幸子

発行者　　堀 郁夫

発行所　　図書出版みぎわ
〒270-0119
千葉県流山市おおたかの森北3-1-7-207
電話　090-9378-9120
FAX　047-413-0625
https://tosho-migiwa.com/

装　丁　　宗利淳一

印刷・製本　株式会社シナノパブリッシングプレス

ISBN978-4-911029-17-6　C0097